AF204042

Tucholsky Wagner Zola Scott Sydow Freud Schlegel
Turgenev Wallace Fonatne
Twain Walther von der Vogelweide Fouqué Friedrich II. von Preußen
Weber Freiligrath Frey
Fechner Fichte Weiße Rose von Fallersleben Kant Ernst Richthofen Frommel
Hölderlin
Fehrs Engels Fielding Eichendorff Tacitus Dumas
Faber Flaubert
Eliasberg Ebner Eschenbach
Feuerbach Maximilian I. von Habsburg Fock Eliot Zweig
Ewald Vergil
Goethe London
Elisabeth von Österreich
Mendelssohn Balzac Shakespeare Dostojewski Ganghofer
Lichtenberg Rathenau Doyle Gjellerup
Trackl Stevenson Hambruch
Mommsen Tolstoi Lenz Droste-Hülshoff
Thoma Hanrieder
Dach Verne von Arnim Hägele Hauff Humboldt
Reuter Rousseau Hagen Hauptmann
Karrillon Garschin Gautier
Defoe Baudelaire
Damaschke Descartes Hebbel
Hegel Kussmaul Herder
Wolfram von Eschenbach Dickens Schopenhauer
Darwin Melville Grimm Jerome Rilke George
Bronner Bebel
Campe Horváth Aristoteles Proust
Bismarck Vigny Barlach Voltaire Federer Herodot
Gengenbach Heine
Storm Casanova Tersteegen Grillparzer Georgy
Chamberlain Lessing Langbein Gilm
Brentano Lafontaine Gryphius
Strachwitz Claudius Schiller Kralik Iffland Sokrates
Katharina II. von Rußland Bellamy Schilling
Gerstäcker Raabe Gibbon Tschechow
Löns Hesse Hoffmann Gogol Wilde Gleim Vulpius
Luther Heym Hofmannsthal Klee Hölty Morgenstern
Roth Heyse Klopstock Kleist Goedicke
Luxemburg Puschkin Homer
La Roche Horaz Mörike Musil
Machiavelli Kierkegaard Kraft Kraus
Navarra Aurel Musset
Nestroy Marie de France Lamprecht Kind Kirchhoff Hugo Moltke
Nietzsche Nansen Laotse Ipsen Liebknecht
Marx Lassalle Gorki Klett Ringelnatz
von Ossietzky May Leibniz
vom Stein Lawrence Irving
Petalozzi Platon Knigge
Sachs Poe Pückler Michelangelo Kock Kafka
Liebermann Korolenko
de Sade Praetorius Mistral Zetkin

Der Verlag tredition aus Hamburg veröffentlicht in der Reihe **TREDITION CLASSICS**
Werke aus mehr als zwei Jahrtausenden. Diese waren zu einem Großteil vergriffen
oder nur noch antiquarisch erhältlich.

Symbolfigur für **TREDITION CLASSICS** ist Johannes Gutenberg (1400 — 1468),
der Erfinder des Buchdrucks mit Metalllettern und der Druckerpresse.

Mit der Buchreihe **TREDITION CLASSICS** verfolgt tredition das Ziel, tausende
Klassiker der Weltliteratur verschiedener Sprachen wieder als gedruckte Bücher
aufzulegen – und das weltweit!

Die Buchreihe dient zur Bewahrung der Literatur und Förderung der Kultur.
Sie trägt so dazu bei, dass viele tausend Werke nicht in Vergessenheit geraten.

Der Misanthrop

Schauspiel in fünf Akten

Jean Baptiste Molière

Impressum

Autor: Jean Baptiste Molière
Umschlagkonzept: toepferschumann, Berlin

Verlag: tredition GmbH, Hamburg
ISBN: 978-3-8424-9208-0
Printed in Germany

Personen

Alcest

Philint ,   sein Freund

Oront

Celimene

Eliante ,   ihre Cousine

Aisinoë ,   ihre Freundin

Acast   Marquis

Clitander
Basque ,   Diener Celimenens

Ein Bote des Marschallamtes

Dubois ,   Diener Alcests

Schauplatz: Paris, in Celimenens Haus

Erster Akt

Erster Auftritt

Philint. Alcest

Philint. Was ist?

Was gibt es?

Alcest. Lassen Sie mir Ruh'!

Philint. Nein wahrlich – welche sonderbare Grille ... ?

Alcest. Sie sollen gehn – sogleich; das ist mein Wille.

Philint. Eh' man sich ärgert, hört man doch erst zu.

Alcest. Ich will mich ärgern, und ich will nichts hören.

Philint. Wo soll nur dieser wilde Zorn hinaus?
Die beste Freundschaft muß es stören,
Wenn ...

Alcest *(steht schnell auf)* .
Ich Ihr Freund? Nein, streichen Sie mich aus!
Das Band, das uns gefesselt, ging in Stücke;
Nachdem sich heut verraten hat Ihr Sinn,
Erklär' ich, daß ich nicht Ihr Freund mehr bin
Und nichts gemein will haben mit der Tücke.

Philint. Was ist's denn, was Sie mir so übel nehmen?

Alcest. Fürwahr, zu Tode sollten Sie sich schämen.
Ein solches Tun verdient das schärfste Wort,
Muß jeden Ehrlichen in Harnisch bringen!
Ich sehe, wie Sie jenen Menschen dort
Mit Artigkeit und Süßigkeit umringen;

Sie häufen auf dies feurige Betragen
Beteuerungen, Anerbieten, Schwüre
Und können mir, nachdem er aus der Türe,
Nicht einmal seinen Namen sagen.
Verschwunden ist das herzliche Gefühl;
Sie reden über ihn gleichgültig kühl.
Potz Wetter, das ist elend, feig, gemein,
Die eigne Seele so mit Schmutz zu mengen,
Und sollte mir das widerfahren sein,
Ich eilte, mich vor Ekel aufzuhängen,

Philint. Je nun, mir scheint der Fall nicht hängenswert;
Ich bitte Sie recht freundlich um die Liebe,
Daß mir für diesmal Gnade widerfährt,
Und daß ich's mit dem Hängen noch verschiebe.

Alcest. Wie schlecht doch dies Gewitzel Ihnen steht!

Philint. Im Ernst – ich weiß nicht, was Sie wollen.

Alcest. Die Wahrheit will ich; dem Charaktervollen
Entschlüpft kein Wort, das nicht von Herzen geht.

Philint. Wenn jemand uns mit Freundesgruß begegnet,
Dann mein' ich, daß man sich erkenntlich zeigt,
Zu seiner Liebenswürdigkeit nicht schweigt
Und ihn für seinen Segen wieder segnet.

Alcest. Unleidlich ist mir dieser feige Schacher,
Den ihr zum guten Ton gehören laßt!
Nichts ist mir so im Innersten verhaßt
wie diese kunstgerechten Phrasenmacher,
Die Schmeichler, stets zum Liebesgruß bereit,
Die uns mit leerem Redeschwall bedecken,
Die mit derselben süßen Höflichkeit
Den ernsten Mann behandeln wie den Gecken.
Was frommt es noch, wenn jemand hoch und hehr
Uns Treue schwört, Hingebung, Freundesglut,
Mit Lob uns überschüttet und nachher

Dem ersten besten Tropf ein Gleiches tut?
Wer noch gesund empfinden kann,
dankt für solche feilgebotnen Ehren,
Und wenn sie noch so überschwenglich wären,
Der teilt nicht gern mit jedermann.
Auf ein Verdienst muß sich Verehrung gründen:
er jeden achtet, achtet keinen;
Und weil auch Sie der Knecht sind dieser Sünden,
Drum sind wir fertig – ein für allemal.
Mir widerstrebt's, mich Leuten zu vereinen,
Die sich verschenken ohne Wahl.
Ich fordere, daß man mich höher stellt;
Der Allerweltsfreund kann mir nicht genügen.

Philint. Wir leben doch nun einmal in der Welt,
Und ihren Sitten müssen wir uns fügen.

Alcest. Brandmarken, sag' ich, muß man ohn' Erbarmen
Dies falsche Händedrücken und Umarmen.
Ein Mann sei männlich, und in jedem Fall
Soll er in seinem Wort sein Denken spiegeln;
Nie soll des Herzens echter Widerhall
Mit leeren Floskeln sich verriegeln.

Philint. Doch was die Offenheit zum Lohn erhält,
ist meistenteils Verfolgung und Gelächter,
Und manches Mal, Herr Weltverächter,
Verlangt die Klugheit, daß man sich verstellt.
Ist's schicklich, ist es wohlerzogen,
Wenn man zu jedermann die Wahrheit spricht?
Und wenn ich einem Menschen nicht gewogen,
Soll ich es ihm bekennen ins Gesicht?

Alcest. Ja!

Philint. Würden Sie der alten Schönheit sagen,
Daß es in ihren Jahren nur empört,
Wenn Frau'n sich schminken und kokett betragen?

Alcest. Gewiß!

Philint. Dem Dorilas, wie sehr es jeden stört,
Wenn er bei Hof mit prahlender Betonung
Von seinen Taten, seinen Ahnen spricht?

Alcest. Jawohl!

Philint. Sie scherzen.

Alcest. Nein, ich scherze nicht
Und kenn' in diesem Punkte keine Schonung.
Was Hof und Stadt mir vor die Augen brachte,
Reizt mir die Galle, raubt mir meinen Schlummer,
Und Schwermut überfällt mich, tiefer Kummer,
Wenn ich das Treiben dieser Welt betrachte.
Ich sehe, wie ich meinen Blick auch schärfe,
Nur Unrecht, Selbstsucht, Lüge, falschen Sinn;
Mir wird's zu viel; es macht mich toll; ich werfe
Dem ganzen Menschenvolk den Handschuh hin.

Philint. Das ist ja lächerlich: Sie nehmen's allzu schwer
Mit ihrem philosoph'schen Herzeleide! –
Paßt nicht vortrefflich auf uns beide
Die »Ehemännerschule« von Molière,
Wo auch zwei Brüder...

Alcest. Törichter Vergleich!

Philint. Nein, wirklich, sparen Sie die Zorngebärden.
Die Welt wird deshalb doch nicht anders werden,
Und weil der Freimut gar so tugendreich,
Drum sag' ich Ihnen frei heraus:
Dies all ist krankhaft, und man lacht Sie aus.
Ja, solch ein unbarmherz'ger Menschenfresser
Macht sich zum Narren überall.

Alcest. Potz Wetter – um so besser, um so besser!
Das freut mich äußerst, das ist grad mein Fall.

Gält' ich dem Volk für einen weisen Mann,
Das würde mich verzweifeln lassen.

Philint. So bitter klagen Sie die Menschheit an!

Alcest. Ich lernte sie aus tiefster Seele hassen.

Philint. Hat denn Ihr Grimm die armen Erdenseelen
In Bausch und Bogen ausnahmslos verdammt?
Ich denke doch, daß Männer uns nicht fehlen...

Alcest. Die Menschen hass ich, alle – insgesamt:
Die einen, weil sie falsch und ränkevoll,
Die andern, weil sie Falschheit höflich dulden,
Statt sie zu geißeln mit dem tapfern Groll,
Den sie der Tugend und sich selber schulden.
Hilft dies Vertuscheln nicht sogar zum Siege
Dem Schuft, mit dem ich im Prozesse liege?
Man kennt die Maske, die er umgehangen,
Man kennt ihn als den schändlichsten Kujon;
Sein Augenspiel, sein zuckersüßer Ton
Vermögen nur noch Bauern einzufangen.
Man weiß, daß nur durch Bubenstücke
Der Leisetreter es so weit gebracht,
Weiß, daß der Glanz von seinem Glücke
Verdienst entrüstet, Tugend schamrot macht.
Trotz allen Titeln, die er sich erworben,
Gibt's niemand, der für seine Ehre ficht;
Nennt man ihn ruchlos, diebisch und verdorben,
Stimmt jeder ein und keiner widerspricht.
Und doch ist seine Fratze stets willkommen,
Ist er in allen Häusern aufgenommen,
Und wo ein Amt zum Wettbewerb gestellt,
Schlägt er die besten aus dem Feld.
Zum Henker auch, ich kann's nicht überstehn,
Wie sie mit Schonung die Verruchtheit züchten,
Und manchmal möcht' ich in die Wüste flüchten,
Um keines Menschen Antlitz mehr zu sehn.

Philint. Ich bitte, zürnen wir etwas geringer
Auf die Gesellschaft unsrer Zeit;
Gehn wir in unsrer Strenge nicht zu weit
Und sehen wir ein wenig durch die Finger.
Die Welt verlangt zwar Tugend, doch mit Maß,
Und auch die Weisheit läßt sich übertreiben;
Vernunft, die ihrer Grenzen nicht vergaß,
Wird hübsch auf festem Boden bleiben.
Die starre Tugend der antiken Sitten
Ist heute nicht mehr wohlgelitten;
Sie fordert von den Menschen allzuviel.
Die eigne Zeit soll man nicht trotzig meistern,
Und Weltverbesserung, das ist ein Ziel,
Für das nur Toren sich begeistern.
So gut wie Sie begegn' ich hundert Dingen
Auf Schritt und Tritt und Tag für Tag,
Die anders sind, als man sie wünschen mag;
Ich aber weiß mich zu bezwingen.
Die Menschen nehm' ich, wie sie einmal sind,
Und was sie tun, ich trag's gelind
Und glaube, daß bei Hof und in der Stadt
Mein Phlegma klüger ist als Ihre Wut.

Alcest. Dies Phlegma, das so gute Gründe hat,
Dies Phlegma, kommt es denn durch nichts in Glut?
Und wenn die Freunde sich als Lügner zeigen,
Wenn man mit seinen Kniffen Sie bestiehlt,
Wenn Lästersucht nach Ihrem Haupte zielt,
Wie – werden Sie auch dann gelassen schweigen?

Philint. Was Ihren Zorn erregt, das sind die Schwächen
Der ganzen menschlichen Natur;
Erblick' ich Unrecht, Niedertracht, Verbrechen,
Ist mein Gefühl dasselbe nur,
Als säh' ich Geier, die den Raub erraffen,
Blutdürst'ge Wölfe, hinterlist'ge Affen.

Alcest. Man darf mich kränken, schinden und berauben,

Und ich soll nicht ... Potz Wetter, nun genug!
Das sind ja Dinge, die Sie selbst nicht glauben.

Philint. Wahrhaftig, wenn Sie schweigen, ist es klug.
Sie tun den Gegner laut in Acht und Bann,
Statt den Prozeß zu fördern nach Gebühren.

Alcest. Mein Wort, ich denke nicht daran!

Philint. Wer aber soll denn Ihre Sache führen?

Alcest. Wer? Die Vernunft, die Billigkeit, das Recht.

Philint. Den Richtern würd' ich doch Besuche machen.

Alcest. Ist meine Sache unklar oder schlecht?

Philint. Gewiß nicht; aber bei den tausendfachen
Kabalen ...

Alcest. Unrecht oder Recht; es gibt
Kein Drittes.

Philint. Seien Sie nicht allzu kühn!

Alcest. Ich rühr' mich nicht. –

Philint. Ihr Feind wird sich bemühn,
Und er ist mächtig ...

Alcest. Wie es ihm beliebt!

Philint. Wenn Sie sich aber täuschen ...

Alcest. Warten wir!

Philint. Doch ...

Alcest. Wenn ich unterliege, soll's mich freuen!

Philint. Indes ...

Alcest. Erfahren will ich grade hier,
Ob in der Tat die Menschen sich nicht scheuen,
Ob sie so boshaft, ruchlos und verschlagen,
Mir Unrecht anzutun vor aller Welt.

Philint. Unglaublich!

Alcest. Wird das einmal klargestellt,
So will ich gern die Kosten tragen.

Philint. Nun, das ist schon der Gipfel aller Narrheit;
Wer Sie so reden hört, der lacht Sie aus.

Alcest. Schlimm für ihn selbst!

Philint. Entdecken Sie vielleicht
Dieselbe Peinlichkeit und Sittenstarrheit,
Denselben Rechtssinn, der nicht wankt und weicht,
Bei Ihrer Auserwählten hier im Haus?
Mich wundert nur, da Sie, wie allbekannt,
Sich mit der Menschheit nicht vertragen können
Und keinem Sterblichen was Gutes gönnen,
Daß grade sie vor Ihnen Gnade fand.
Unfaßlich ist mir, ich bekenn' es offen,
Die sonderliche Wahl, die Sie getroffen.
Eliante ist Ihnen hold gesinnt,

Aisinoë wird rot bei Ihren Grüßen;
Doch gegen solche zarte Neigung blind
Ganz nach den Sitten unsrer Tage handelt
Auch sie kokett, spottsüchtig, launenhaft;
Wie aber kommt's, daß Ihres Hasses Kraft
Bei ihr allein in Nachsicht sich verwandelt?
Ist Schönheit wohl ein Freipaß für Gebrechen?
Sie sehn's nicht oder dulden, was sie tut.

Alcest. O nein! – Ich bin der jungen Witwe gut;
Indes, ich sehe deutlich ihre Schwächen.
Ich werd', obgleich mein Herz in ihrem Joch,
Sie streng zu tadeln nie vergessen.
Und ungeachtet alles dessen –
Ja, ich bin schwach, und sie gefällt mir doch.
Ich muß die Augen schließen, muß vergeben;
Denn ihre Anmut bleibt die Siegerin;
Jedoch ich, zweifle nicht, daß ich berufen bin,
Sie aus dem Schlamm der Zeit emporzuheben.

Philint. Wenn das gelingt, dann wirklich alle Ehre!
Wird Ihre Lieb' erwidert?

Alcest. Welche Frage!
Würd' ich sie lieben, wenn es anders wäre?

Philint. Liegt also die Erhörung klar zutage,
Warum noch sind Sie bange vor Rivalen?

Alcest. Ich will besitzen – ganz und ungeteilt.
Nur deshalb bin ich zu ihr hergeeilt,
Um ihr zu schildern dieses Zweifels Qualen.

Philint. Was mich betrifft, wär' ich an Ihrer Statt,
Ich weihte meine Seufzer der Cousine,
Die schlichten Sinn und wahre Neigung hat
Und mir viel passender für Sie erschiene.

Alcest. Das sagt mir die Vernunft in jeder Stunde;
Doch nach Vernunftgesetzen liebt man nicht.

Philint. Sei'n Sie auf Ihrer Hut! Die Zuversicht
Kann leicht ...

Zweiter Auftritt

Oront. Vorige

Oront *(zu Alcest)* . Eliante, so wird mir eben Kunde,
Und Celimene sind zur Stadt gefahren;
Doch hör' ich, Sie sind hier, und trete ein,
Weil Ihnen zu gestehn ich längst begehre,
Daß ich von ganzem Herzen Sie verehre
Und deshalb nichts seit langen Jahren
So eifrig wünsche, als Ihr Freund zu sein.
Ich liebe wahren Wert ins Licht zu setzen
Und suche diesen Bund geflissentlich.
Die Freundschaft eines Manns wie ich
Ist, denk' ich, nicht zu unterschätzen.

(Während Oront sprach, war Alcest in Gedanken versunken und schien nicht zu bemerken, daß er der Angeredete sei. Er erwacht erst aus seinem Traum, wie Oront fortfährt:)

Mein Herr, zu Ihnen sprach ich eben.

Alcest. Zu mir?

Oront. Zu Ihnen. Kränkt Sie, was ich sprach?

Alcest. Nein; ich bin nur erstaunt und sinne nach,
Warum Sie grade mir die Ehre geben.

Oront. Erstaunt die Anerkennung einen Mann,
Der sie verlangen darf in allen Zonen?

Alcest. Mein Herr ...

Oront. Der Staat ist viel zu arm; er kann
Solch ein Verdienst genügend nicht belohnen.

Alcest. Mein Herr...

Oront. Es reicht daran kein andrer Mann der Zeit,
Und wenn er auch die höchsten Würden trüge.

Alcest. Mein Herr...

Oront. Straf' mich der Himmel, wenn ich lüge!
Und zur Erhärtung meiner Herzlichkeit
Kann ich den Händedruck mir nicht versagen,
Der Ihren Freunden beigesellt auch mich.
Hier meine Hand, und kräftig einzuschlagen
Ersuch' ich Sie.

Alcest.

Mein Herr ...

Oront. Sie weigern sich?

Alcest. Mein Herr, zu viel ist, was Sie mir verleihn;
Die Freundschaft scheint mir ernst und heilig,
Und ihren hehren Namen muß entweihn,
Wer allzuoft ihn ausspricht und zu eilig.
Einsicht und Prüfung ziemt für solche Ketten;
Wir sind dazu noch nicht genug bekannt;
Wir fänden uns vielleicht so wenig wahlverwandt,
Daß wir es beide zu bereuen hätten.

Oront. Mein Seel', so spricht ein weiser Mann;
Ich muß Sie deshalb um so höher halten.
Obgleich nur Zeit den Bund vollenden kann,
Bitt' ich Sie, jetzt schon, über mich zu schalten.
Vielleicht kann ich bei Hof gefällig sein;
Man weiß, daß ich beim König etwas gelte,
Daß er mein Urteil schätzt ganz ungemein
Und auf den besten Fuß sich mit mir stellte.
Kurzum, ich werd' in Ihrem Dienst nicht ruhn,
Und da Ihr Geist mit großer Feinheit richtet,
Bitt' ich, mir gleich vertraulich kundzutun,
Ob ein Sonett, das ich heut früh gedichtet,
Veröffentlicht zu werden sich verlohnt.

Alcest. Mein Herr, erlassen Sie mir das. Nur schlecht
Taug' ich dazu.

Oront. Weshalb?

Alcest. Ich bin gewohnt,
Aufrichtiger zu sein, als manchem recht.

Oront. Grad das verlang' ich; ja, ich müßt' es rügen,
Nachdem ich Sie ersucht um klaren Wein,
Wenn Sie mir irgend etwas unterschlügen.

Alcest. Da Sie darauf bestehen, mag's denn sein.

Oront. »Sonett« ... 's ist ein Sonett. – »Hoffnung ...«
Es geht
Auf eine Dame, die mein Hoffen weckte.
»Hoffnung ...« Die Verse sind nicht langgestreckte,
Nein, kurz und zart und leidenschaftdurchweht.

Alcest. Wird sich ja zeigen.

Oront. »Hoffnung ...« Auch den Stil
In leichten Fluß zu bringen war mein Ziel;
Und geben Sie auch auf den Ausdruck acht.

Alcest. Wir werden sehn.

Oront. Und halten Sie im Sinn:
Ich schrieb's in einer Viertelstunde hin.

Alcest. Nur zu; die Zeit kommt hier nicht in Betracht.

Oront *(liest)* . »Hoffnung, auch wenn sie dazu frommt,
Den Schmerz auf Stunden zu verscheuchen,
Sag, Phillis, muß sie nicht entfleuchen,
Wenn niemals die Erfüllung kommt?«

Philint. Ein reizender Beginn, ich muß bekennen.

Alcest *(leise zu Philint)*. Wie? Haben Sie die Stirn, das schön
zu nennen?

Oront. »Du würdest, wenn du wahr mich liebst,
Weit besser dein Gefühl verstecken;
Was soll dein loses Spiel bezwecken,
Wenn du mir nichts als Hoffnung gibst?«

Philint. Geschmack und feine Lebensart im Bund!

Alcest *(leise zu Philint)*. O Schmeichlerbrut! Sie loben
diesen Schund!

Oront. »Und soll ich harren stets und werben
Im Banne deines Angesichts,
So werd' ich in Verzweiflung sterben.
Was hilft ein bloßer Strahl des Lichts?
Die Hoffnung, Phillis, geht in Scherben,
Wenn man nur hofft und weiter nichts.«

Philint. Am Schluß der Tonfall ist ganz unerreicht.

Alcest *(leise für sich)*. Die Pest in deinen Tonfall, Gal-
genstrick!
Fielst du doch selbst und brächst dir das Genick!

Philint. Nie hört' ich Verse von so zartem Duft.

Alcest *(leise für sich)*.
Potz Blitz!

Oront *(zu Philint)*. Sie schmeicheln; glauben Sie vielleicht ...

Philint. Ich schmeichle nicht.

Alcest *(leise für sich)*. Was tust du sonst, du Schuft!

Oront *(zu Alcest)* . Doch Sie, mein Herr, Sie kennen
mein Verlangen,
Ich bitte, reden Sie ganz unverblümt.

Alcest. Das ist und bleibt ein mißlich Unterfangen;
Denn seinen Geist hört jeder gern gerühmt.
Doch als ein Herr – den Namen nenn' ich nicht –
Mir neulich Verse gab von eigner Mache,
Da sagt' ich ihm, es sei des Weltmanns Pflicht,
Daß er den Dichterkitzel überwache,
Sagt' ihm, zu zügeln sei der starke Trieb,
Der laut mit solcher Kurzweil prangen wolle,
Und wer geschäftig zeige, was er schrieb,
Der spiele keine neidenswerte Rolle.

Oront. Ist dieser Worte Zweck, mir auszusprechen,
Ich sei zu tadeln, wenn ...

Alcest. Das sag' ich nicht.
Doch jenem sagt' ich, daß ein frostiges Gedicht
Den guten Ruf verdirbt und lästig fällt,
Und daß man durch zur Schau getragne Schwächen
All seine Tugenden in Schatten stellt.

Oront. Sie finden also mein Sonett nicht gut?

Alcest. Das sag' ich nicht. Doch jenem macht' ich klar,
Daß grad in unsrer Zeit die Schreibewut
Schon vielen wackren Leuten schädlich war.

Oront. Soll das auf mich und meine Schriften passen?

Alcest. Das sag' ich nicht. Doch jenem sagt' ich frei:
Wer zwingt Sie denn zur Reimerei?
Und wer, beim Teufel, gar zum Druckenlassen?
Verzeihlich ist nur dann ein schlechtes Buch,
Wenn der Verfasser nagt am Hungertuch.
Bestehn Sie die Versuchung wie ein Mann,
Auf offnem Markt dergleichen auszukramen,

Und setzen Sie den guten Namen,
Den Sie bei Hofe haben, nicht daran,
Nur um aus gierigen Verlegerhänden
Als trauriger Poet hervorzugehn. –
So ließ ich damals meine Mahnung enden,

Oront. Sehr wohl, sehr wohl; ich glaube zu verstehn;
Indessen das Sonett, das ich gedichtet ...

Alcest. Nun – bergen Sie's im stillen Winkel nur!
Nach schlechten Mustern hat es sich gerichtet,
Und jedes Wort darin ist Unnatur.
Was für ein Bild:»Auf Stunden zu verscheuchen«,
Und darauf reimt sich:»Muß sie nicht entfleuchen«!
Und dann erst dieses»Dein Gefühl verstecken«
Und ein so plumper Ausdruck wie»bezwecken«,
Und endlich gar:»Die Hoffnung geht in Scherben,
Wenn man nur hofft und weiter nichts.«
All dieser gleißend aufgeputzte Kram
Trägt nicht der Wahrheit redlich offne Züge,
Ist nur Getändel und gespreizte Lüge,
Die nie den Sprachklang der Natur vernahm.
Ich wünsche statt so falscher Poesie
Die Derbheit unsrer Väter mir zurück,
Und höher als ein heutig Meisterstück
Stell' ich ein altes Volkslied; hören Sie!

»Und gäbe der König Heinrich mir
Seine große Stadt Paris
Und wollte haben, daß ich dafür
Meine Herzallerliebste verließ',
Ich spräche: König Heinerich,
Behalte dein Paris für dich,
Und ich, juche, behalte fein
Die Herzallerliebste mein.«

Der Reim ist kunstlos und die Sprache schlicht;
Doch fühlen Sie nicht selbst, daß solche Klänge

Mehr wert sind als geschraubtes Wortgepränge,
Weil hier ein ehrliches Empfinden spricht?

»Und gäbe der König Heinrich mir
Seine große Stadt Paris
Und wollte haben, daß ich dafür
Meine Herzallerliebste verließ',
Ich spräche: König Heinerich,
Behalte dein Paris für dich,
Und ich, juche, behalte fein
Die Herzallerliebste mein.«
Man fühlt, der war verliebt, der dies erdacht.

(Zu Philint, welcher lacht)

Ja, sagen Sie's den dichtenden Bekannten,
Daß mir dies mehr gefällt als ihre Pracht
Von lauter falschen Diamanten.

Oront. Doch meine Verse sind deshalb nicht schlecht.

Alcest. Sie haben Gründe, das zu glauben;
Doch meiner Gegengründe gutes Recht
Zu wahren müssen Sie mir schon erlauben.

Oront. Zum Glück werd' ich von andern mehr geachtet.

Alcest. Weil andre heucheln, und das tu' ich nicht.

Oront. So haben Sie vielleicht den Geist gepachtet?

Alcest. Das hätt' ich sicher, lobt' ich Ihr Gedicht.

Oront. Ich kann Ihr Lob getrost entbehren.

Alcest. Wird Ihnen auch nichts andres übrig bleiben.

Oront. Nur wüßt' ich gern, ob Sie imstande wären,
In Ihrer Art was Ähnliches zu schreiben.

Alcest. Wahrscheinlich mach' ich's ebenso verfehlt,
Nur daß ich's dann beileibe niemand zeige.

Oront. Sie sind von einem Selbstgefühl beseelt ...

Alcest. Dann suchen Sie bei Andern Lorbeerzweige!

Oront. Mein kleiner Herr, Sie sind ein wenig keck.

Alcest. Mein großer Herr, das paßt zu meinem Zweck.

Philint *(tritt zwischen beide)* ». Ich bitte, meine Herrn,
das führt
zu weit!

Oront. Ich gehe, da ich doch das Spiel verliere.
Mein Herr, ich bin Ihr Diener allezeit.

Alcest. Und ich, mein Herr, bin allezeit der Ihre.

Dritter Auftritt

Philint. Alcest

Philint. Das kommt davon. Sie sprachen allzu frei
Und haben ihn gekränkt und aufgehetzt!
Ich merkte, daß er nur um Schmeichelei ...

Alcest. Genug!

Philint. Indes ...

Alcest.

Verlassen Sie mich jetzt.

Philint. Das ist zu viel.

Alcest. Ich wünsche ...

Philint. Wenn ...

Alcest. Kein Wort!

Philint. Weshalb ...

Alcest. Umsonst!

Philint. Doch ...

Alcest. Still!

Philint. Es ist nicht sein ...

Alcest. Zum Henker auch, ich wäre gern allein.

Philint. Wo denken Sie nur hin? Ich geh' nicht fort.

Zweiter Akt

Erster Auftritt

Alcest. Celimene

Alcest. Nun denn, Madame, um frei herauszusprechen:
Durch Ihr Benehmen bin ich tief gekränkt
Und allzusehr mit Bitterkeit getränkt;
Ich fühl's, wir müssen miteinander brechen.
Ja, zwäng' ich zur Verstellung mich gewaltsam,
Jetzt oder später kam' es doch zum Bruch;
Kein tausendmal beschworner Widerspruch
Kann ihn verhindern; er ist unaufhaltsam.

Celimene. Sind Sie nur deshalb mir so dienstbereit
Hierher gefolgt, um sich mit mir zu zanken?

Alcest. Ich zanke nicht. Doch Ihre Freundlichkeit
Zieht Ihrem Umgang viel zu weite Schranken.
Sie stets umworben sehn von allen –
Das kann ich nicht ertragen in Geduld.

Celimene. Wenn viele mich verehren, bin ich schuld?
Kann ich verhindern, ihnen zu gefallen?
Soll ich, wenn sie mir Artigkeiten sagen,
Mit einem Stock sie vor die Türe jagen?

Alcest. O nein, der Stock schafft hier nicht Rat:
Ihr Herz verteid'ge besser seine Pforten.
Zwar Ihre Schönheit leuchtet allerorten;
Doch sie ermutigt jeden, der ihr naht.
Durch leicht gewährte Gunst vollendet
Wird jeder Sieg, den sie gewann;
Die ros'ge Hoffnung, die sie allen spendet,
Zwingt alle schnell in ihren Zauberbann,
Hält Ihre Huld ein wenig sich zurück,
Dann stiebt der Schwarm freiwillig auseinander.

Ich frage nur: weshalb hat denn Clitander
Vor Ihren Augen solches Glück?
Hat er als Vorbild jeder Tugendregel
Ein Recht auf diesen auserwählten Rang?
Sind's etwa seine langen Fingernägel,
Wodurch er Ihre Achtung sich erzwang?
Versetzte Sie in diesen holden Wahn
Das leuchtende Verdienst der Prachtperücke?
Hat er's durch bänderreiche Kleidungsstücke
Und Stulpenstiefel Ihnen angetan?
Erwarb die Schönheit seiner Pluderhosen
Dem treuen Sklaven Ihrer Liebe Lohn?
Wüßt' er die süße Gnade zu erlosen
Mit seinem Lächeln, seinem Fistelton?

Celimene. Mit Unrecht klagen Sie ihn an;
Ich lieh nur deshalb ihm ein willig Ohr,
Weil mein Prozeß, wie er mir oft beschwor,
Auf seiner Freunde Beistand rechnen kann.

Alcest. Weit lieber säh' ich den Prozeß verloren,
Als daß mein Nebenbuhler Gunst erhält.

Celimene. Warum die Eifersucht auf alle Welt?

Alcest. Weil Sie sich alle Welt zum Freund erkoren.

Celimene. Die Höflichkeiten, die ich jedem zollte,
Die grade müßten Ihren Argwohn dämpfen.
Sie hätten dann erst Grund, sie zu bekämpfen,
Wenn ich auf einen sie beschränken wollte.

Alcest. Sie tadeln meine Eifersucht; allein
Hab' ich denn was voraus vor jedermann?

Celimene. O ja, das Glück, geliebt zu sein.

Alcest. Und wenn ich an dies Glück nicht glauben
kann?

Celimene. Sie hörten dies aus meinem eignen Munde.
Und können zweifeln noch und fragen?

Alcest. Wer bürgt mir, daß Sie nicht zur selben Stunde
Den andern ganz das gleiche sagen?

Celimene. So hübsche Redeblümchen hört man selten;
Welch zarte Huldigung, die Sie mir weih'n!
Um Sie von dieser Sorge zu befrei'n,
Soll alles, was ich Ihnen schwor, nichts gelten.
Nun sind Sie doch vor jeder Täuschung sicher!
Nicht wahr, mein Freund?

Alcest. Verwünschte Leidenschaft!
O fänd' ich doch, sie abzuschütteln, Kraft;
Um nichts bitt' ich den Himmel flehentlicher!
Ja wahrlich, alles drängt mich zum Entschluß,
Nicht länger mehr zu schmachten als Ihr Sklave;
Umsonst, umsonst! Daß ich Sie lieben muß,
Ward mir verhängt zu meiner Sünden Strafe.

Celimene. Ja, solcher Liebe kommt wohl keine gleich.

Alcest. Sie kann's mit jeder andern wagen!
So warm und wahr und unermeßlich reich
Hat noch kein Herz für Sie geschlagen.

Celimene. Ja; nur die Art ist eine völlig neue.
Denn Ihre Liebe lebt von Zank und Streit;
Scheltworte sind das Siegel Ihrer Treue;
Nie war ein Liebender so kampfbereit,

Alcest. Sie haben nur zu wollen, dann entweicht
Mein Zorn und jeder Grund, weshalb wir stritten,
Wenn wir nur redlich sind, dann ist es leicht...

Zweiter Auftritt

Vorige. Basque

Celimene. Kam jemand?

Basque. Herr Acast.

Celimene. Ich lasse bitten.

Dritter Auftritt

Alcest. Celimene

Alcest. Darf man denn nie allein mit Ihnen reden?
Sind Sie heut wiederum zu Haus für jeden?
Und gibt es nichts, was Sie bestimmt,
Daß Sie nur einmal sich verleugnen lassen?

Celimene. Und wenn er mir das übel nimmt?

Alcest. Rücksichten sind das, die mir wenig passen.

Celimene. Ich würde seinen ew'gen Grimm erwerben,
Wüßt' er, daß ich ihn nicht empfangen mag.

Alcest. Und das ist Grund genug, um Tag für Tag ...

Celimene. Mit solchen Leuten darf man's nicht verderben.
Sie stehen nun einmal bei Hof in Gnaden
Und führen da das große Wort;
In welches Haus man eintritt, sie sind dort;
Sie nützen wenig, doch sie können schaden,
Und kann man sonst auch über Freunde schalten,
Mit diesen Schreiern muß man sich verhalten.

Alcest. Nenn' ich's auch zehnmal falsch und ungebühr-
lich,
Was hilft's? Sie lassen jeden doch herein,
Und Ihre Gründe sind so spitz und fein ...

Vierter Auftritt

Vorige. Basque

Basque. Madame, auch Herr Clitander ...

Alcest. Nun natürlich!

Celimene. Wohin?

Alcest. Ich gehe.

Celimene. Bleiben Sie!

Alcest. Weswegen?

Celimene. Ich bitte Sie.

Alcest. Umsonst.

Celimene.

Ich will es.

Alcest. Nein!

Bei solchem öden Schwatz dabei zu sein,
Das können Sie mir doch nicht auferlegen.

Celimene. Ich will's, ich will's.

Alcest.

Nein, nein, das tu' ich nie.

Celimene. Auch gut! Dann gehen Sie! so gehn Sie doch!

Fünfter Auftritt

Vorige. Eliante. Philint. Acast. Clitander

Eliante *(zu Celimene)* . Hier bring' ich dir die beiden
Herrn Marquis.
Du wußtest?

Celimene. Ja.

(Zu Basque)

Wir brauchen Stühle noch.
(Basque bringt Stühle und geht dann ab)
(Zu Alcest) Sie sind noch hier?

Alcest. Ja, weil ich will, daß endlich

Sie wählen zwischen mir und jenen beiden.

Celimene. Still!

Alcest.

Reden Sie nun offen und verständlich.

Celimene. Sind Sie bei Trost?

Alcest. Sie sollen sich entscheiden.

Celimene. Ach!

Alcest. Wählen Sie!

Celimene. Mir scheint, Sie foppen mich.

Alcest. O nein! denn meine Langmut ist zunichte!

Clitander. Auf Ehre! Kennen Sie die neuste Hofge-
schichte?
Cleont war wieder mal höchst lächerlich.
Hat er denn keinen Freund, der mitleidvoll gerührt
Ihm sein Benehmen zu Gemüte führt?

Celimene. Ja, wirklich, der ist ganz und gar verduselt;
Er fällt schon auf, erblickt man ihn von weit,
Und trifft man ihn von Zeit zu Zeit,
Dann redet er, daß einem gruselt.

Acast. Auf Ehre! Weil man grade spricht von Narren,
Heut hielt ich einem von den schlimmsten stand,
Dem Schwätzer Damon, der im hellen Sonnenbrand
Mich zwang, fast eine Stunde auszuharren.

Celimene. Das ist der Wortheld, der die Kunst erfand,
Ein Nichts zu künden mit gewalt'gem Schwall;
In seinen Reden ist kein Gran Verstand,
Und alles, was er sagt, ist leerer Schall.

Eliante *(zu Philint)* . Die Unterhaltung ist schon gut im
Schwunge
Und geht recht hübsch mit unsren Nächsten um.

Clitander. Timant ist auch ein netter Junge.

Celimene. Der ist ein wandelndes Mysterium.
Er läuft mit ganz verträumtem Gruß vorbei,
Hat nichts zu tun und ist doch stets in Eile;
Mit possenhafter Umstandskrämerei
Bringt er uns um vor Langerweile.
Ganz leis, wenn andre zum Gespräch sich wandten,
Trägt er ein nichtiges Geheimnis vor
Und macht aus allen Mücken Elefanten;
Selbst »Guten Morgen« sagt er nur ins Ohr.

Acast. Und erst Gerald!

Celimene. Ein prahlerischer Tropf!
Der ist auf seine Würde ganz versessen,
Hat allerhöchste Kreise nur im Kopf
Und prangt mit Fürsten, Prinzen und Prinzessen.
Sein Rang benebelt ihn; sein Denken dreht
Sich nur um Pferde, Kutschen, Hunde;
Er sagt zu jedem »Du«, so hoch er steht,
Und »Gnäd'ger Herr« kommt nie aus seinem Munde.

Clitander. Belise soll ihm nah' stehn, munkelt man.

Celimene. Die gute Frau! Ihr Geist ist leer und trocken.
So oft sie mich besucht, bin ich erschrocken.
Weil ich kein einzig Thema finden kann.
Durch ihre völlige Gedankendumpfheit
Zerfällt ein jed' Gespräch in kleine Stücke;
Vergebens baut man ihrer Stumpfheit
Mit platten Redensarten eine Brücke.
Selbst Hitze, Kälte, Regen, Sonnenschein
Sind bald erschöpfte Gegenstände,
Und ihr Besuch, der mir gereicht zur Pein,
Nimmt überhaupt niemals ein Ende.
Ich sehe nach der Uhr, ich gähne laut;
Doch sie bleibt hocken, grad wie ein Stück Holz.

Acast. Wie finden Sie Adrast?

Celimene. Der schwillt vor Stolz
Und ist unmäßig von sich selbst erbaut.
Er glaubt sich stets am Hof zurückgesetzt
Und wird nicht müde, darauf loszuziehn;
Wird Amt und Titel irgendwem verliehen,
Fühlt er dadurch persönlich sich verletzt.

Clitander. Der junge Cleon sieht indessen
Die feinste Welt zu Gast; wie kommt das doch?

Celimene. Sein Hauptverdienst ist unbedingt sein Koch,
Und die Besuche gelten nur dem Essen.

Eliante. Man speist dort wirklich auserlesen.

Celimene. Ja; schade nur, daß er sich mitserviert.
So unverdaulich ist sein fades Wesen,
Daß man am Mahle den Geschmack verliert.

Philint. Sein Oheim Damis wird sehr viel gelobt.
Was halten Sie von ihm?

Celimene. Ich schätz' ihn sehr.

Philint. Als klug und ehrlich hat er sich erprobt.

Celimene. Ja; nur sein Geistreichtun ertragt sich schwer.
Er geht auf Stelzen; alles, was er sagt,
Zeigt, wie er mühsam hascht nach Witzen,
Und seit er wähnt, ein Urteil zu besitzen,
Ist er so streng, daß nichts mehr ihm behagt.
In jeder Dichtung sieht er nur die Schwächen
Und hält's für geistvoll, nie ein Lob zu sprechen.
Ein Kenner scheint ihm der, dem nichts gefällt,
Ein Dummkopf, wer noch staunen kann und lachen,
Und glückt's ihm, Andrer Werke schlecht zu machen,
Glaubt er, daß er sich über sie gestellt.
Selbst bei Gesprächen kennt er kein Erbarmen;
Solch niedrer Tand benimmt ihm nicht die Ruh';
Er hört nur gnädig mit gekreuzten Armen
Vom Gipfel seiner Geisteshöhe zu.

Acast. Verdamm' mich Gott! Sein sprechend Konterfei.

Clitander. Sie zeichnen wirklich meisterhaft.

Alcest. Nur zu, ihr Herrn; drauf los mit aller Kraft!
Ihr schonet keinen, wer's auch immer sei.
Doch wenn von allen, die ihr da genannt,
Sich einer zeigt, dann eilt ihr ihn zu grüßen,
Umarmt ihn feurig, schüttelt ihm die Hand
Und legt euch dienstbereit zu seinen Füßen.

Clitander. Was wollen Sie von uns? Es ist gerechter,
Wenn Sie für dies Gespräch Madame verklagen.

Alcest. Nein, euch, potz Wetter! Denn durch eu'r Ge-
lächter
Wird sie verführt, all diesen Hohn zu wagen.
Ja, ihre Spottlust wird gesteigert
Durch eure sträflichen Beräucherungen,
Und leichter würde dieser Hang bezwungen,
Bemerkte sie, daß man ihm Beifall weigert.
Und so behaupt' ich, daß der Schmeichelei
Sämtliche Laster unsrer Zeit entstammen.

Philint. Warum ergreifen Sie Partei
Für Leute, deren Tun Sie selbst verdammen?

Celimene. Wann wär' es uns bei Herrn Alcest geglückt,
Daß er ein herrschend Urteil anerkennt,
Und daß er jemals unterdrückt
Sein angebornes Widerspruchstalent?
Was andre denken, das gefällt ihm schlecht;
Er unternimmt, das Gegenteil zu meinen,
Und würde sich als Dutzendmensch erscheinen,
Gäb' er nur einmal jemand Recht.
So übermächtig reizt ihn die Verneinung,
Daß er zuweilen gegen sich ergrimmt
Und Fehde führt mit seiner eignen Meinung,
Sobald er sie aus fremdem Mund vernimmt.

Alcest. Die Lacher hat Ihr Spott auf seiner Seite;
Drum lass' ich alles über mich ergehn.

Philint. Wohl ist es wahr, daß gegen jedermann
Sie stets gerüstet sind zum Streite,
Und daß Ihr Mißmut, wie Sie selbst gestehn,
Kein Lob und keinen Tadel hören kann.

Alcest. Potz Wetter, weil's die Menschen so verdienen!
Mein Mißmut ist noch viel zu zahm;
Denn ich erfand noch jeden unter ihnen
Im Loben frech, im Tadeln ohne Scham.

Celimene. Doch ...

Alcest. Nein, Madame, sollt' auch das Herz mir bre-
chen,
Ich hasse Ihre Art sich zu vergnügen,
Und find' es schändlich, daß man Sie in Schwächen
Bestärkt, die man verpflichtet ist zu rügen.

Clitander. Wie! Schwächen? Ich bekenne meinerseits:
Madame erschien bisher mir frei von allen.

Alcest. Sie ist geschmückt mit Anmut und mit Reiz;
Doch Schwächen sind mir noch nicht aufgefallen.

Alcest. Mir aber wohl. Solang ich reden kann,
Darf sie bei mir nicht rechnen auf Verschweigung.
Je mehr man liebt, je wen'ger schmeichelt man,
Und unerbittlich streng ist wahre Neigung.
Ja, wär' ich sie, von den galanten Leuten
Sollt' sich kein einziger mir nahen dürfen,
Die meinem Willen blind sich unterwürfen
Und jeder meiner Launen Weihrauch streuten.

Celimene. Mit einem Worte, wenn's nach Ihnen geht,
Dann muß, wer liebt, auf Zärtlichkeit verzichten,
Und echte Leidenschaft muß ihn verpflichten,
Daß er die Auserkorne schilt und schmäht.

Eliante. Das trifft man sonst bei Liebenden nicht an;
Sie sind für ihre Wahl so blind erglommen,
Daß nichts zum Tadel sie bewegen kann,
Denn alles finden sie an ihr vollkommen.
Als Tugenden bewundern sie die Mängel;
Dem Fehler wird ein Schmeichelwort verliehn:
Da ist die Blasse weißer als Jasmin,
Die Rabenschwarze ein brünetter Engel;
Die Mag're heißt ein schlankes Reh,
Die Dicke eine hoheitsvolle Fee;
Die Ungewaschene, die Anmutlose
Ist eine wilde Heckenrose;
Die Riesendame muß als Göttin gelten,
Die Zwergin als ein Kleinod beßrer Welten;
Die Stolze ist ein fürstlich Herz,
Die Falsche geistvoll, herzensgut die Dumme,
Die Schwätzerin voll übermüt'gem Scherz
Und voll verschämter Schüchternheit die Stumme.
So wird die schlimmsten Fehler seiner Holden
Ein leidenschaftlich Liebender vergolden.

Alcest. Und ich behaupte doch...

Celimene. Nicht weiter mehr!
Gehn wir ein wenig durch die Galerie.

(Zu Clitander und Acast)

Ei, wollen Sie schon fort?

Clitander, Acast. Was glauben Sie!

Alcest. Sie fürchten dieser Herren Aufbruch sehr.
Mir kann es gleich sein; aber auf mein Wort,
Ich werde, bis sie weggegangen, bleiben.

Acast. Sofern Madame nicht wünscht mich zu vertreiben,
Ruft mich den ganzen Tag nichts von hier fort.

Clitander. Bis auf des Königs Schlafengehn
Wird kein Geschäft mich ihrem Dienst entreißen.

Celimene *(zu Alcest)*.
Dies war nur Scherz?

Alcest. O nein! Ich will doch sehn,
Ob ich's bin, den Sie fortgehn heißen.

Sechster Auftritt

Vorige. Basque

Basque *(zu Alcest)*. Mein Herr, da draußen ist ein
Mann;
Sehr Wicht'ges hat er Ihnen mitzuteilen.

Alcest. Ich weiß von keinen Dingen, die so eilen.

Basque. Er hat 'nen Rock mit weißen Schößen an
Und goldnen Tressen.

Celimene. Ratsam ist, Sie fragen
Ihn selbst ...
(Macht Basque ein Zeichen, worauf dieser die Tür öffnet und abgeht)

Siebenter Auftritt

Vorige ohne Basque. Ein Note des Marschallamtes

Alcest *(geht dem Boten entgegen)*. Hier bin ich. Was
beliebt dem Herrn?
Nur näher.

Bote. Ein paar Worte möcht' ich gern ...

Alcest. Nichts hindert Sie, die Worte laut zu sagen.

Bote. Es geht an Sie der Ruf vom Marschallamt,
Dort zu erscheinen noch in dieser Stunde.

Alcest. An wen? An mich?

Bote. An Sie.

Alcest. Aus welchem Grunde?

Philint *(zu Alcest)*. Wahrscheinlich hat Oront Sie dort
verklagt.

Celimene. Weshalb?

Philint. Oront verließ ihn zornentflammt,
Weil seinen Versen er das Lob versagt.
Nun wünscht man wohl den Handel auszugleichen.

Alcest. Zu feiger Schlaffheit wird mich niemand zwingen.

Philint. Gehorchen Sie dem Ruf vor allen Dingen.

Alcest. Wie will man hier Verständigung erreichen?
Wenn mich verdammt das Machtwort des Gerichts,
Kommt dann in diese Verse Kraft und Schwung?
Ich hab's gesagt und widerrufe nichts:
Schlecht sind sie, schlecht!

Philint. Doch etwas Mäßigung...

Alcest. Es bleibt dabei, die Verse sind entsetzlich.

Philint. Doch sollten Sie nicht unversöhnlich tun.

Alcest. So geh' ich; aber fest und unverletzlich
Besteht mein Ausspruch.

Philint. Eilen Sie sich nun!

Alcest *(zu Clitander und Acast, welche lachen).*
Potz Blitz, mich wundert, daß ich Ihnen beiden
So spaßhaft scheine!

Celimene. Säumen Sie nicht mehr
Und gehn Sie.

Alcest. Ja; doch komm' ich wieder her,
Um unsren Zwist endgültig zu entscheiden. –
Solang der König nicht auf allen Gassen
Ausschellen läßt, daß ich die Verse loben soll,
Solange sag' ich: sie sind schaudervoll,
Und wer sie schrieb, der kann sich hängen lassen.

Dritter Akt

Erster Auftritt

Clitander. Acast

Clitander. Marquis, Behagen strahlt aus deinen Zügen;
Stets bist du sorglos, stets bereit zum Scherz.
Nun sag mir ehrlich, Hand aufs Herz:
Hast du so großen Anlaß zum Vergnügen?

Acast. Auf Ehre, Freund, wenn ich mein Leben prüfe,
So find' ich gar nichts, was mir Kummer schüfe.
Ich habe Geld, bin jung, man nennt mit Recht
Altadelig das Haus, dem ich entsprossen;
Durch meinen Rang und mein Geschlecht
Ist jede Stellung mir erschlossen,
Und Mut, der doch am höchsten wird gepriesen,
Mir fehlt er nicht, das weiß man überall;
Ich hab' in einem wohlbekannten Fall
Als äußerst kühn und schneidig mich erwiesen.
Geist hab' ich fraglos und Geschmack dabei,
Kann aburteilen, ohne nachzudenken,
Und in Premièren – meine Schwärmerei –
Sitz' ich als Kenner auf den ersten Bänken.
Ich mache Stimmung, klatsche oder gähne,
Bei schönen Stellen leit' ich den Applaus;
Ich bin gewandt, ich seh' nicht übel aus,
Bin gut gewachsen, habe hübsche Zähne,
Und daß ich meine Kleider weiß zu tragen,
Das wird wohl niemand zu bestreiten wagen.
Ich hab' den allerbesten Namen,
Bin gern gesehn bei Hof, beliebt bei Damen,
Und, Freund, bei solchen Gaben, glaub' ich fast,
Kann wohl ein Mensch mit sich zufrieden sein.

Clitander. Ja; doch weshalb, wenn du die Auswahl hast,
Bemühst du hier dich ohne Hoffnungsschein?

Acast. Ich? Nun, auf Ehre, bin ich wohl der Mann,
Die Kälte einer Schönen hinzunehmen?
Ein Alltagsmensch, ein blöder Tölpel kann
Dem strengen Joch geduldig sich bequemen,
Zu ihren Füßen schmachten und vergehn,
Mit Seufzern und mit Tränen sie erweichen
Und durch sein standhaft fortgesetztes Flehn
Erringen, was zu hoch für seinesgleichen.
Jedoch ein Mann wie ich ist viel zu gut,
Um unbelohnt zu lieben auf Kredit;
Wenn eine Dame noch so vornehm tut,
Gottlob, mein Wert hält mit dem ihren Schritt.
So ganz umsonst geschieht es nicht,
Daß ich ihr solch ein Herz zu Füßen lege,
Und mindestens verlangt das Gleichgewicht,
Daß sie entgegenkommt auf halbem Wege.

Clitander. So glaubst du, hier der Hahn im Korb zu sein?

Acast. Vielleicht besitz' ich Gründe, das zu glauben.

Clitander. Ich muß dir diesen großen Irrtum rauben:
Du täuschst dich, Freund, und redest dir was ein.

Acast. So red' ich mir was ein und täusche mich.

Clitander. Liegt denn dein Glück so fraglos vor dir offen?

Acast. Ich täusche mich.

Clitander. Hast du Beweise, sprich!

Acast. Ich rede mir was ein.

Clitander. Ließ sie dich hoffen?

Acast. Ich irre.

Clitander. Machte Celimenens Herz
Sich im geheimen dir verständlich?

Acast. Nein, sie verschmäht mich.

Clitander. Gib mir Antwort endlich!

Acast. Sie wies mich ab.

Clitander. Nun laß einmal den Scherz
Und sag, ob sie dir Hoffnung hat gegeben.

Acast. Mir blüht kein Glück; du aber stehst in Gnade.
Unleidlich bin ich ihr im höchsten Grade,
Und übermorgen nehm' ich mir das Leben.

Clitander. Marquis, was meinst du, wenn wir ehren-
haft
Uns miteinander durch Vertrag vergleichen?
Hat einer von uns beiden sichre Zeichen
Von Celimenens Liebe sich verschafft,
So gibt der andre sich besiegt, und künftig
Muß er auf jeden Mitbewerb verzichten.

Acast. Auf Ehre, Freund, das find' ich sehr vernünftig
Und will mich augenblicks dazu verpflichten.

Zweiter Auftritt

Vorige. Celimene

Celimene. Noch hier?

Clitander. Ja, stets in Ihrem Bann.

Celimene. Am Haustor hält ein Wagen an;
Wer mag das sein?

Clitander. Ich weiß nicht.

Dritter Auftritt

Vorige. Basque

Basque. Eben fuhr
Arsinoë hier vor.

Celimene. Was will denn die von mir?!

Basque. Fräulein Eliante begrüßte sie im Flur. *(Ab)*

Celimene. Was fällt ihr plötzlich ein? Was sucht sie
hier?

Acast. Als Tugendausbund wird sie rings geachtet,
Und ihre Frömmigkeit ...

Celimene . Ist falsches Spiel!
Ihr Herz ist weltlich, und sie sinnt und trachtet
Nach Männerfang; nur hilft ihr das nicht viel.
Sie blickt auf jede Frau mit Neid,
Die eifriger Verehrer nicht ermangelt,
Und weil ihr arger Unstern keinen angelt,
Schilt sie auf die Verblendung unsrer Zeit.
Ihr falscher Tugendschleier soll verstecken,
Wie schrecklich die Verlassenheit sie quält,
Und nur um ihre Häßlichkeit zu decken,
Verlästert sie den Zauber, der ihr fehlt.
Doch ein Geliebter wär' ihr höchst willkommen;
Selbst um Alcest bemüht sie sich;
Seit er mir huldigt, ist sie bös auf mich
Und tut, als hätt' ich ihn ihr weggenommen.
Aus Eifersucht, die sie nicht bergen kann,
Verleumdet sie mich hinterm Rücken schmählich.

Nie traf ich solche Dummheit an;
Mit einem Wort: sie ist mir unausstehlich,
Und ...

Vierter Auftritt

Vorige. Arsinoë

Celimene. Ah, welch guter Engel führt Sie her?
Ehrlich gesagt, ich war recht ungeduldig ...

Arsinoë. Ein Wink, den ich der teuren Freundin schuldig,
Bestimmte mich ...

Celimene. O, das beglückt mich sehr!

Clitander und Acast gehen heimlich lachend ab)

Fünfter Auftritt

Celimene. Arsinoë

Arsinoë. Es trifft sich prächtig, daß die Herren gingen.

Celimene. Ich bitte Platz zu nehmen.

Arsinoë. Danke, nein. –
Die Freundschaft muß besonders wachsam sein
In wichtigen und großen Dingen,
Und da nichts Größeres den Menschen eigen
Als ihres Namens unbeflecktes Schild,
So mag mein Rat, der Ihrer Ehre gilt,
Die Treue meiner Freundschaft zeigen.
Als gestern man in äußerst würd'gem Kreise
In das Gespräch auch Sie verwob,
Fand Ihre prunkerfüllte Lebensweise
Zum Unglück nur geringes Lob.
Ihr allzeit offnes Haus, Ihr Liebesspiel

Und was die Welt daraus zu folgern willig,
Ward mehr getadelt, als gerecht und billig,
Und strenger, als es mir gefiel.
Ich nahm natürlich gleich für Sie Partei;
Ich habe Sie, so gut es ging, verteidigt,
Bewiesen, daß Ihr Wille lauter sei,
Und für Ihr gutes Herz mich hoch vereidigt.
Doch man vermag gewisse Dinge
Trotz aller Freundschaft nicht in Schutz zu nehmen;
Drum mußt' ich zum Geständnis mich bequemen,
Daß Ihre Art Sie leicht in Schaden bringe,
Daß sie den Schein nicht zu vermeiden strebe,
Der Anlaß gibt, ihr Schlimmes nachzusagen,
Und daß unstreitig Ihr Betragen
Den bösen Zungen stete Nahrung gebe.
Nicht, daß ich zweifeln will an Ihrer Ehrbarkeit;
Der Himmel schütze mich vor *dem* Gedanken!
Doch schon ein Argwohn bringt den Ruf ins Wanken,
Und auch ein reines Herz geht *oft* zu weit.
Madame, Sie werden mich nicht mißverstehn,
Den gut gemeinten Rat mir nicht verargen;
Sei'n Sie versichert, meine Worte bargen
Den regsten Anteil für Ihr Wohlergehn.

Celimene. Madame, ich bin für Ihren Rat erkenntlich
Und halt' ihn für so wenig mißverständlich,
Daß ich sogleich mich dankbar möchte zeigen
Durch einen Rat, der Ihrer Ehre gilt,
Und da Sie mir aus Freundschaft nicht verschweigen,
Wie man auf mich und mein Betragen schilt,
So macht dies edle Beispiel mir zur Pflicht
Zu sagen, was die Welt von Ihnen spricht.
Vor kurzem war ich zu Besuch erschienen
In einem auserwählten Kreise;
Man sprach dort von der besten Lebensweise,
Und unter anderm sprach man auch von Ihnen.
Da ward denn Ihre fromme Tugendlehre
Nicht grad als Muster hingestellt;
Ihr Heil'genschein, den man für künstlich hält,

Ihr ewiges Gered' von Zucht und Ehre,
Ihr Schreien, wenn in unbefangnen Worten
Ein heikler Doppelsinn sich wittern läßt,
Ihr Selbstbewußtsein, das sich allerorten
Ein Mitleidstränchen aus den Augen preßt,
Ihr Kanzelton, der sich damit vergnügt,
Auch Lauterkeit und Unschuld anzuklagen,
Ward, um es grad herauszusagen,
Ganz allgemein verurteilt und gerügt.
Was ist, so frug man, ihrer Andacht Sinn?
Spricht ihrer Maske nicht ihr Leben Hohn?
Denn diese pünktlich fromme Beterin
Schlägt ihr Gesind und zahlt ihm keinen Lohn.
Sie nennt das Kirchenlaufen unerläßlich
Und schminkt, um hübsch zu scheinen, ihr Gesicht;
Auf Bildern ist ihr jede Nacktheit gräßlich;
Doch das Lebendige mißfällt ihr nicht.
Ich stellte mich sogleich auf Ihre Seite
Und sagte laut, daß dies Verleumdung sei;
Doch meine Stimme war im Widerstreite
Mit allen übrigen; man blieb dabei,
Daß Sie, statt andern nachzuspüren,
Sich selber prüfen sollten streng und scharf,
Daß man erst fegen muß vor eignen Türen,
Bevor man alle Welt verdammen darf,
Daß eine Frau nur durch ein Musterleben
Dem Sittentadel gibt Gewicht
Und besser noch anheimstellt das Gericht
Den Leuten, denen Gott dies Amt gegeben.
Madame, Sie werden mich nicht mißverstehn,
Den gutgemeinten Rat mir nicht verargen;
Sei'n Sie versichert, meine Worte bargen
Den regsten Anteil für Ihr Wohlergehn.

Arsinoë. Obgleich ein Mahnwort stets gefährlich war,
So durft' ich einen bessern Lohn erhoffen;
Aus Ihrer Bitterkeit erkenn' ich klar,
Daß Sie mein Freimut hat ins Herz getroffen.

Celimene. Im Gegenteil, ich möchte jedermann
Solch wechselseit'gen guten Rat empfehlen,
Damit die arge Blindheit weichen kann,
In welcher einzeln wir uns quälen.
Wenn Sie nur wollen, werden wir hinfort
Uns mit dem gleichen Eifer redlich dienen
Und uns getreulich melden jedes Wort,
Das Sie von mir gehört und ich von Ihnen.

Arsinoë. Madame, wer spräche wohl von Ihnen
schlecht?
Ich freilich bin des Tadels nicht enthoben.

Celimene. Es läßt sich alles tadeln oder loben,
Und jeder hat auf seine Weise Recht.
Denn wir erleben eine Zeit der Liebe
Und eine Zeit der strengen Sitten,
Zu denen schon allein die Klugheit triebe,
Sobald der Glanz der Jugend uns entglitten,
Weil wir nur so vor Kränkung uns bewahren.
Wahrscheinlich folg' ich Ihrem Beispiel auch,
Wenn ich erst alt bin; doch es ist nicht Brauch,
Schon sittenstreng zu sein mit zwanzig Jahren.

Arsinoë. Ei, wollen Sie den winz'gen Zwischenraum
Des Alters an die große Glocke hängen?
Daß Sie ein bißchen jünger sind, ist kaum
So wichtig, um es prahlend auszusprengen,
Und unklar ist mir, was Sie treibt,
Mich so empfindlich zu verletzen.

Celimene. Ganz ebenso, wie mir es unklar bleibt,
Warum Sie gegen mich beständig hetzen,
Warum Ihr Ärger immer mich beschuldigt;
Kann ich dafür, daß niemand Ihnen huldigt?
Wenn viele mir nicht widerstehen können
Und täglich ihre Liebe mir beteuern,
Das werden Sie mir zwar nicht gönnen;
Doch dem vermag ich wirklich nicht zu steuern.

Das Feld ist frei; ich hindere Sie nicht,
Die zu erobern, denen Sie gefallen.

Arsinoë. Ach, meinen Sie vielleicht, ich wär' erpicht
Auf jenen Männerschwarm, mit dem Sie prangen?
Als wüßte man nicht ganz genau bei allen,
Um welchen Preis es leicht ist, sie zu fangen!
Soll man wohl glauben bei der heut'gen Jugend,
Daß diese Schar nur Ihr Gemüt verehrt,
Nur in erlaubter Liebe sich verzehrt
Und nichts bewundern will als Ihre Tugend?
Solch eitler Vorwand macht doch niemand blind;
Die Welt ist nicht so dumm. Ich kenne Frauen,
Die Liebe zu erwecken würdig sind
Und doch kein Heer von Männern um sich schauen.
Und hieraus zieht man leicht den Schluß,
Daß sie nicht unsrer schönen Augen willen
Uns lieben, daß man ihre Wünsche stillen
Und ihre Dienste sich erkaufen muß.
Drum meiden Sie's, den zweifelhaften Schein
So leichter Siege rühmend zu entfalten,
Und schränken Sie den Hochmut ein,
Mit dem Sie sich für was Besondres halten.
Wär' unser Herz von Neid geschwollen,
Wir könnten leicht dieselben Wege gehn:
Entsagten wir der Scham, Sie würden sehn,
Daß wir Geliebte haben, wenn wir wollen.

Celimene. So wollen Sie doch nur; ich habe nichts dagegen.
Und da Sie nun die schwarze Kunst erkannt,
Wie man ...

Arsinoë. Nichts mehr von diesem Gegenstand!
Wir würden uns zu sehr erregen,
Und längst schon hätt' ich Lebewohl gesagt;
Jedoch mein Wagen zwingt mich zu verweilen.

Celimene. Solang es Ihnen irgend hier behagt,
Bitt' ich durchaus sich nicht zu übereilen.
Ich will nicht lästig sein und mag Sie gern
Der angenehmeren Gesellschaft gönnen;

(Auf den eintretenden Alcest deutend)
Ein guter Zufall schickt uns diesen Herrn;
Er wird Sie besser unterhalten können.

Sechster Auftritt

Vorige. Arsinoë

Celimene. Mein Freund, ich habe einen Brief zu schreiben,
Der keinen Aufschub leiden darf. Sie sollen
Indes Madame die Zeit vertreiben;
Sie wird, so hoff' ich, mir deshalb nicht grollen.

Siebenter Auftritt

Alcest. Arsinoë

Arsinoë. Das heißt, Sie müssen sich mit mir begnügen
So lange, bis mein Wagen wiederkehrt;
Sie konnte meinem Wunsch sich gar nicht besser fügen,
Als da sie dies Gespräch mir hat gewährt.
Muß doch an einen edlen Mann
Lieb' und Verehrung aller Welt sich heften;
Ihr Geist ist so begabt mit Zauberkräften,
Daß er mein wärmstes Mitgefühl gewann.
Sie hätten wahrlich Recht zur Klage;
Sie könnten fordern, daß die Majestät
Sich Ihres Werts erinnert; alle Tage
Verdrießt es mich, wie man Sie übergeht.

Alcest. Mich? Hab' ich Anspruch auf besondre Ehren?
Welch großen Dienst erwies ich je dem Staat?
Auf welche hohe Heldentat
Könnt' ich verweisen, um mich zu beschweren?

Arsinoë. Nicht jeder, den des Hofes Gunst mit Gaben
Beschenkt, hat etwas Rühmliches vollbracht.
Man muß nur Glück und mächt'ge Freunde haben,
Und weil schon Ihr Verdienst Sie würdig macht,
Drum ...

Alcest. Mein Verdienst! O lassen wir das ruhn!
Kann denn der Hof mit allem sich befassen?
Er hätte wirklich viel zu tun,
Um jedermanns Verdiensten aufzupassen.

Arsinoë. Ein echt Verdienst erstrahlt in eigner Helle;
Von Ihrem ist man überall durchdrungen.
Noch gestern ward an hoher Stelle
Von Leuten ersten Rangs Ihr Lob gesungen.

Alcest. Je nun, Madame, wen lobt man heute nicht?
Auf Unterschiede leistet man Verzicht;
Der Ruhm erhält die weiteste Verbreitung;
Man wird durch Lob schon längst nicht mehr geziert,
Man schwimmt darin, wird damit bombardiert,
Und selbst mein Hausknecht steht schon in der Zeitung.

Arsinoë. Damit die Welt Sie besser lerne schätzen,
Wünscht' ich, daß Sie ein Amt bei Hof erstreben.
Man wird, sobald Sie nur ein Zeichen geben,
Gleich alle Hebel in Bewegung setzen.
Mir stehen Freunde zu Gebot, die gern
Den Weg erleichtern und das Ziel gewinnen.

Alcest. Und was, Madame, sollt' ich am Hof beginnen?
Mein ganzes Wesen hält mich von ihm fern.
Die Seele, welche Gott mir eingehaucht,
Wird nimmermehr die Luft des Hofs vertragen;
Mir fehlen die Talente, die man braucht,
Um dort zu glänzen und sich durchzuschlagen.
Mir hat Natur ein offnes Herz geschenkt;
Ich kann nicht meine Worte drehn und winden,

Und wer nicht anders redet, als er denkt,
Der wird dort niemals eine Heimat finden.
Muß ich entsagen all den großen Zielen
Und all den Titeln, die der Hof verleiht,
So bleib' ich auch dafür befreit
Vom bittren Lose, den Hanswurst zu spielen:
Ich muß mich nicht vor jeder Kränkung ducken,
Mich nicht an eines Stümpers Versen freun,
Nicht hohen Damen Weihrauch streun,
Nicht unsrer Junker Faseleien schlucken.

Arsinoë. So lassen wir den Hof; doch manches Mal
Muß ich auch Ihrer Liebe Mitleid zollen,
Und wenn Sie meine Ansicht hören wollen,
So wünscht' ich Ihnen eine beßre Wahl,
Ein reichlicheres Maß von Glück beschert:
Denn diese Frau war niemals Ihrer wert.

Alcest. Mir scheint, Madame, Sie haben nicht bedacht,
Daß Sie von Ihrer Freundin sprechen.

Arsinoë. O doch! Nur mein Gewissen ist erwacht
Und kann nicht länger dulden dies Verbrechen.
Ach, Ihre Lage muß mein Herz verwunden;
Denn sicher ist's, daß man Sie hintergeht.

Alcest. Ein Mitgefühl, das Ihnen trefflich steht,
Für das ich Ihnen äußerst bin verbunden.

Arsinoë. Ist sie auch meine Freundin, das Vertrauen
Von einem edlen Mann verdient sie nicht;
Denn ihre Liebe hat ein falsch Gesicht.

Alcest. Wohl möglich; niemand kann in Herzen schau-
en;
Doch hätt' Ihr Mitleid schöner sich gezeigt,
Wenn Sie dies Gift mir vorenthalten hätten.

Arsinoë. Wenn Sie den Wunsch nicht haben, sich zu retten,
Dann ist es freilich besser, daß man schweigt.

Alcest. O nein. Doch alles setz' ich lieber dran,
Als daß mein Herz von Zweifeln wird zerrissen;
Ich will nicht, nein, ich will nichts wissen,
Bevor ich's nicht mit Händen greifen kann.

Arsinoë. Da halt' ich Sie beim Wort; wir machen aus,
Daß Sie sich nur den klarsten Gründen beugen,
Sich nur mit eignen Augen überzeugen.
Begleiten Sie mich jetzt zu mir nach Haus;
Dort sollen Sie mit größter Deutlichkeit
In Ihrer Liebsten falsche Seele schauen,
Und hätten Sie nur Sinn für andre Frauen,
Dann läg' ein Trost gewiß nicht allzuweit.

Vierter Akt

Erster Auftritt

Eliante. Philint

Philint. Nein, dieser Starrkopf gab nicht nach;
Der Streit war äußerst schwierig auszugleichen:
Er wollte, was man auch zum Guten sprach,
Von seiner Ansicht keinen Fußbreit weichen,
Und nie ward ein so drolliges Gericht
Gehalten vor des Ehrenrates Stufen.
»Nein,« rief er, »nein, ich kann nicht widerrufen,
Und alles geb' ich zu – nur dieses nicht.
Was will er denn? Was konnt' ihn so entfachen?
Ist er entehrt, weil er nicht dichten kann?
Wenn ihm mein Rat mißfällt, was liegt daran?
Der beste Mensch kann schlechte Verse machen;
Die Ehre wird dadurch nicht untergraben.
Ich halt' ihn, meine Herren Richter,
Für einen Mann von Mut, Verdienst und Gaben,
Kurzum für alles – nur für keinen Dichter.
Gern will ich loben seines Hauses Glanz,
Sein Reiten, Fechten, sein Geschick im Tanz;
Doch wenn er Verse macht, bleib' ich daheim;
Wem's nicht von Gott gegeben ward im Schlafe,
Der lasse seine Hand von Lied und Reim,
Eh' man's ihm nicht befiehlt bei Todesstrafe.« –
Am Ende schien es fast, als gäb' er nach;
Er aber hielt sich schon für mehr als fügsam,
Indem er folgende Erklärung sprach:
»Mein Herr, es tut mir leid, daß ich so ungenügsam;
Doch recht von Herzen wünscht' ich mir und Ihnen,
Daß Ihr Sonett mir besser wär' erschienen.«
Worauf es gleich an ein Umarmen ging,
Und damit fand die Sitzung ihren Schluß.

Eliante. Er ist gewiß ein rechter Sonderling
Und doch ein Mann, den ich verehren muß.
Denn seine strenge Wahrheitsliebe
Zeigt edlen Mut und Heldenhaftigkeit,
Und wünschen möcht' ich unsrer Zeit,
Daß solch ein Vorbild nicht vereinzelt bliebe.

Philint. Eins werd' ich nie verstehn: Wie konnt' er nur
Solch einer Leidenschaft sich überlassen?
Wie soll zu seiner Denkart und Natur
Die heftige Verliebtheit passen?
Und vollends scheint mir jeder Grund zu fehlen,
Daß seine Wahl auf Celimene fiel.

Eliante. Dies lehrt: Nicht immer wird der Neigung Ziel
Bestimmt durch Harmonie der Seelen,
Und wer etwas auf Wahlverwandtschaft gibt,
Den würde dieses Beispiel schlagen.

Philint. Ist anzunehmen, daß auch sie ihn liebt?

Eliante. Ja, das ist nicht so leicht zu sagen.
Wie könnt' ich prüfen ihrer Liebe Wahrheit?
Denn ihrem eignen Herzen fehlt die Klarheit;
Sie liebt manchmal und will es selbst nicht glauben,
Und manchmal liebt sie nicht und glaubt es doch.

Philint. Sie wird, so fürcht' ich, unsrem Freunde noch
Mehr, als er ahnt, von seinem Frieden rauben,
Und grad heraus, besäß' er mein Gemüt,
Er würde sich zu anderm Glücke wenden
Und einsehn, daß ein beßres Los ihm blüht
In dem Gefühl, das Sie an ihn verschwenden.

Eliante. Ich will mich nicht verstellen, und ich denke,
Man soll in diesen Dingen ehrlich sein.
Daß er sie liebt, ich seh' es ohne Pein,
Und grad weil ich ihm Anteil schenke,
So würd' ich, wenn's mir irgend möglich wär',

Gern selbst in ihre Hand die seine legen;
Fänd' er jedoch von ungefähr
In dieser Liebe keinen Segen,
Und zög' sie einen andern Freier vor,
Dann neigt' ich seiner Werbung gern mein Ohr,
Und daß er sich von ihr verschmäht gesehn,
In meinen Augen sollt' es ihm nicht schaden.

Philint. Ich meinesteils, ich lass' es still geschehn,
Wenn Sie den Freund mit Ihrer Huld begnaden.
Er selber, wenn er will, kann Ihnen sagen,
Was ich hierin ihm oft und eifrig riet;
Doch wenn's die beiden miteinander wagen,
Und wenn er Ihnen sich dadurch entzieht,
Dann möcht' ich mir die hohe Gunst erstreiten,
Die ihm gegönnt war; weist er sie zurück,
Dann wär' ich selig, wollte dieses Glück
Von ihm zu mir herübergleiten!

Eliante. Sie scherzen, Herr Philint.

Philint. Dies ist kein Scherz;
Dies stieg aus meiner Seele tiefstem Grunde.
Zu offner Werbung harr' ich nur der Stunde,
Und Flügel ihr zu geben wünscht mein Herz.

Zweiter Auftritt

Vorige. Alcest

Alcest *(zu Eliante).* Mein Fräulein, helfen Sie! – Mich traf
ein Streich,
Der meine ganze Kraft zu lähmen droht.

Eliante. Was ist geschehn? Sie zittern, Sie sind bleich ...

Alcest. Nicht fassen kann ich's noch! Das ist mein Tod! –

Zerginge diese Welt in Nacht und Graus,
Ich trüg' es leichter. – Nun ist alles aus ...
All meine Liebe ... ach, ich kann nicht sprechen.

Eliante. Sie müssen Atem schöpfen, sich erholen.

Alcest. O Gott, wie konntest du so holde Züge
Vereinen mit so schändlichem Verbrechen?

Eliante. Wer sagte Ihnen ...

Alcest. Alles, alles Lüge!
Ich bin verraten, um mein Glück bestohlen!
Denn sie – denn Celimene – gebt nur acht –
Hat mich getäuscht, betrogen, hintergangen.

Eliante. Ließ jemand Sie Beweis dafür erlangen?

Philint. Das ist gewiß ein törichter Verdacht;
Die Eifersucht wird leicht zum Wahn getrieben ...

Alcest. Potz Wetter, sparen Sie sich nur den Rest!
(Zu Eliante)
Ihr falsches Spiel steht leider felsenfest!
Ich hab' es schwarz auf weiß, von ihr geschrieben.
Ein Brief, den sie Oront geschickt, beraubte
Mich meines Heils und zeigt mir meine Schmach:
Oront, von dem sie stets nur Übles sprach,
Den ich am wenigsten gefährlich glaubte.

Philint. Ein Brief stellt manchen in verkehrtes Licht
Und legt auch wohl der Unschuld eine Schlinge.

Alcest. Noch einmal, Herr, bemühen Sie sich nicht
Und kümmern sich um Ihre Dinge.

Eliante. Nicht gar so ungestüm; dies Unrecht soll ...

Alcest. Mein Fräulein, alles liegt bei Ihrem Willen;
Zu Ihnen flücht' ich mich vertrauensvoll,
Damit Sie dieser Wunde Qualen stillen.
Auf! Rächen Sie den niedrigen Verrat,
Mit dem sie meine Treue heimgesandt;
Ja, rächen Sie die unerhörte Tat!

Eliante. Sie rächen? Und wodurch?

Alcest. Durch Ihre Hand.
Mein Herz hat Sie statt jener sich erkoren:
Das ist die Rache, die ich ihr geschworen.
Gefoltert soll sie werden durch die Treue,
Die echte Liebe, die besorgte Glut,
Durch all den wandellosen Opfermut,
Den ich fortan zu Ihren Füßen streue.

Eliante. Ihr Schmerz ergreift mich, und ich sage frei:
Es ehrt mich hoch, daß Sie um mich geworben;
Vielleicht ist aber gar noch nichts verdorben,
Vielleicht geht dieser Rachedurst vorbei.
Hat die Verräterin ein hübsch Gesicht,
So plant man vieles, doch man tut es nicht.
Und gab's auch tausend Gründe, sich zu trennen,
Schuldlos erscheint die Sündrin, die man liebt,
Und jeder böse Wunsch zerstiebt:
Den Zorn der Liebenden muß man nur kennen!

Alcest. Nein, Fräulein, diese Kränkung traf ins Leben;
Der Rückweg ist versperrt, der Bund gebrochen;
Unwiderruflich hab' ich's ausgesprochen
Und wär' ein Schwächling, wollt' ich ihr vergeben.
Sie kommt. Sie fühle meines Zorns Gewalt!
Nachdrücklich werd' ich sie zur Rede setzen
Und sie zerschmettern; Ihnen bring' ich bald
Ein Herz, das sich entwand aus ihren Netzen.

Dritter Auftritt

Celimene. Alcest

Alcest *(für sich)*. Mein Gott, jetzt gib mir Fassung! Gib
mir
Kraft!

Celimene *(für sich)*. O weh! *(Zu Alcest)*. Weshalb
schon wieder
in Erregung?
Denn Ihrer Augen rollende Bewegung
Und Ihre Seufzer sind mir rätselhaft.

Alcest. Dann hören Sie, daß ein Betrug noch nie
Verübt ward, der so schwarz und greuelvoll,
Daß aller Teufel Trotz, des Himmels Groll
Nichts Schändlicheres jemals schuf als Sie!

Celimene. Ein artig Pröbchen Ihrer Zärtlichkeit.

Alcest. Nur keinen Spott! Dazu ist jetzt nicht Zeit!
Jetzt hätten Sie mehr Anlaß zum Erröten!
Für Ihren Trug ist der Beweis erbracht;
Verstehn Sie endlich, was mich wütend macht?
Mein Mißtraun war nur allzusehr vonnöten;
Der Argwohn, der Sie oft verdrossen,
Hat meines Unglücks Tiefe mir erschlossen;
Mein guter Geist hat mich gewarnt
Trotz all der List, mit der Sie mich umgarnt.
Doch halten Sie mich nicht für einen solchen Toren,
Daß ich nicht Rache für den Schimpf verlange.
Wohl weiß ich: Neigung fügt sich nicht dem Zwange,
Und Liebe wird in Freiheit nur geboren;
Ein Herz wird niemals durch Gewalt bestrickt,
Es muß sich frei verschenken und versagen,
Und hätten Sie mich offen heimgeschickt,
Dann fänd' ich keinen Grund, mich zu beklagen;
Hätt' ich sogleich gehört Ihr redlich Nein,

Ich dürfte nur dem Schicksal böse sein.
Doch mir den Glauben leihn, ich sei geliebt,
Das ist Verräterei, das ist Betrug,
Für den es keine Sühne gibt,
Und keine Strafe scheint mir groß genug.
Weh' Ihnen! Die Vergeltung soll beginnen!
Ich bin nicht mehr ich selbst, ich bin von Sinnen.
Ich fühl' es, dieser Schmerz wird mich erwürgen;
Mein armer Geist ist todeswund!
Ich bin ein Rasender und bin's mit Grund;
Was auch geschieht, ich kann nicht für mich bürgen.

Celimene. Welch eine Wut! Kaum trau' ich meinen Ohren!
Mir scheint, Sie haben den Verstand verloren.

Alcest. Ja, ich verlor ihn an dem Unglückstag,
Als meine Augen dieses Gift gesogen,
Als ich dem Schein von Lauterkeit erlag,
Mit dem Ihr süßer Zauber mich betrogen.

Celimene. Wer darf behaupten, daß ich Sie betrüge?

Alcest. O Heuchlerin! Doch diesem schlauen Spiel
Setz' ich nun ein für allemal das Ziel:

(Er zieht den Brief hervor)

Hier sehen Sie; sind das nicht Ihre Züge?
Ja, schämen Sie sich nur aus Herzenstiefe;
Vor solchem Zeugnis schließt sich wohl Ihr Mund.

Celimene. Das also war's? Das hat Sie so gequält?

Alcest. Und Sie erröten nicht vor diesem Briefe?

Celimene. Erröten – ich? Aus welchem Grund?

Alcest. Das nenn' ich doch die Keckheit weit getrieben!
Sie leugnen, weil Ihr Namenszug hier fehlt.

Celimene. Wie sollt' ich leugnen, was ich selbst geschrieben?

Alcest. Und daß des Briefes Inhalt klar und hell
Sie schuldig spricht, das macht Sie nicht erbeben!

Celimene. Weiß Gott, Sie sind ein närrischer Gesell.

Alcest. Wie! Soll es hier noch eine Ausflucht geben?
Soll ich als Treubruch nicht den Brief betrachten,
Der für Oront von Honig überquillt?

Celimene. Oront? Wer sagt, daß ihm dies Schreiben
gilt?

Alcest. Die Leute, die mir's überbrachten.
Doch wenn es auch für einen andern wäre,
Hab' ich dann keinen Anlaß, Sie zu schelten?
Ist Ihre Schuld dann eine minder schwere?

Celimene. Und könnt' es nicht auch einer Dame gelten?
Wo wäre dann ein Grund, mich anzuklagen?

Alcest. Ein hübscher Winkelzug, ein Meistergriff!
Ich stehe waffenlos vor solchem Kniff
Und fühle mich aufs Haupt geschlagen.
Wie konnten Sie so plumpe List ersinnen?
Ei, glauben Sie, man hat so wenig Hirn?
Neugierig bin ich doch, mit welcher Stirn
Sie diese grobe Lüge weiterspinnen.
Wie deuten Sie's, daß in verliebten Tönen
Ihr Brief zu einer Dame spricht?
Rechtfert'gen Sie, um den Betrug zu krönen,
Nur diese Stelle ...

Celimene. Nun beliebt's mir nicht!
Sie haben gar kein Recht, mir zu befehlen
Und einen solchen Ton zu wählen.

Alcest. Nein, werden Sie nicht aufgebracht; Sie sollen
Nur diese eine Zeile mir erklären.

Celimene. Niemals! Sie können denken, was Sie wollen;
Sei's, was es sei, mich wird es wenig scheren.

Alcest. Sei'n Sie barmherzig; machen Sie verständlich,
Daß Sie den Brief an eine Frau gesandt!

Celimene. Nein, an Oront; so glauben Sie's doch endlich!
Mich freut, daß er mich liebenswürdig fand;
Sein Wort und Wesen schätz' ich hoch vor allen;
Was immer Sie behaupten, geb' ich zu.
Nun gehn Sie, bleiben Sie – ganz nach Gefallen;
Nur lassen Sie mich jetzt in Ruh'.

Alcest *(für sich)*. O Himmel! Gab es Qualen je,
Die solche Marter überragten?
Mich treibt gerechter Zorn und tiefes Weh,
Und mich, den Kläger, macht sie zum Verklagten!
Sie steigert meinen Argwohn tausendfach,
Sie leugnet nicht, sie rühmt sich ihrer Schande,
Und dennoch, dennoch ist mein Herz zu schwach,
Um zu zerreißen seine Bande,
Zu schwach, um mit Verachtung sie zu strafen,
Die Undankbare, die ich so geliebt.

(Zu Celimene)

Ja, Schlange, meine Schwachheit gibt
Dir Riesenkraft und macht mich neu zum Sklaven;
Ein Blick in diese Augen, und das Joch
Unsel'ger Liebe muß ich weiter tragen!

Ach, so verteidigen Sie sich doch,
Stehn Sie doch ab, sich selber anzuklagen!
Des Briefes Unschuld lassen Sie mich schaun;
Mein Wunsch wird Ihren Worten sich vereinen;
Bestreben Sie sich nur, mir treu zu scheinen,
So werd' ich mich bestreben zu vertraun.

Celimene. Ach, Sie sind nicht gescheit vor Eifersucht
Und völlig unwert meiner Liebe.
Das fehlte wahrlich noch, daß nur die Flucht
Zu niedrer Heuchelei mir übrig bliebe,
Daß ich mir helfen sollte mit Betrug,
Wenn sich mein Herz zu einem andern neigte!
Wie! Daß ich Ihnen meine Liebe zeigte,
Ist das noch nicht Verteidigung genug?
Hat ein Verdacht dagegen noch Gewicht?
Muß er mich nicht beleidigen und schmerzen?
Denn ohne Kampf entringt dem Frauenherzen
Sich solch ein zärtliches Geständnis nicht.
Der Leidenschaft und ihrem Ausdruck stellt
Die Frauenehre machtvoll sich entgegen;
Wie dürft' ein Mann, vor dem die Schranke fällt,
Straflos an diesem Spruche Zweifel hegen?
Ist er nicht schuldig, wenn er uns nicht glaubt,
Was nur mit schweren Opfern wir verschenken?
O gehn Sie! Dieser Argwohn muß mich kränken,
Hat Sie des Rechts auf meine Gunst beraubt.
O, wie ich mich der blöden Torheit schäme,
Daß mir noch blieb ein Rest von Zärtlichkeit;
Sie würde besser anderen geweiht,
Damit Ihr Vorwurf einen Grund bekäme.

Alcest. Arglistige! Soll ihre Macht nicht enden?
Ich weiß, Sie täuschen mich mit süßem Wort,
Und doch, und doch – mein Schicksal reißt mich fort,
Und meine Seele liegt in Ihren Händen.
Ich will Gewißheit haben, klares Licht,
Ob Sie so treulos sind, mich zu verlassen.

Celimene. Nein, Ihre Liebe ist die rechte nicht.

Alcest. Ach, sie ist größer, als Gedanken fassen,
Und diese Glut, die jedes Maß verlor,
Feindsel'ge Wünsche lockt sie mir hervor:
Ich wünschte, daß Sie häßlich wären,
Daß ein unseliges Geschick Sie quälte,
Daß Gott Sie hätt' erschaffen zum Entbehren,
Daß Ihnen Stand und Rang und Reichtum fehlte,
Damit die Opfertaten meiner Liebe
Aus Ihrem Leben scheuchten Nacht und Graun
Und mir der Ruhm, der Stolz, die Wonne bliebe,
Ihr Glück mit meinen Händen zu erbaun.

Celimene. Die neuste Art von ritterlichem Schutz!
Davor sei Gott, daß je der Tag erschiene ...
Ist das nicht Dubois? Und in welchem Putz!

Vierter Auftritt

Vorige. Dubois

Alcest. Was soll der Aufzug, die bestürzte Miene?
Was gibt es?

Dubois. Herr ...

Alcest. Nun?

Dubois. Eine Mordgeschichte!

Alcest. Was ist geschehn?

Dubois. Ach, Herr, uns geht es schändlich.
Alcest. So sprich!

Dubois. Leis oder laut?

Alcest. Nur zu! Berichte!

Dubois. Soll ich vor dieser Frau da ...

Alcest. Wird's nun endlich?
Willst du wohl reden?

Dubois. Herr, wir müssen fliehn.

Alcest. Wieso?

Dubois. Wir müssen lautlos uns verziehn.

Alcest. Warum?

Dubois. Wir dürfen hier nicht mehr verweilen.

Alcest. Weshalb?

Dubois. Weil's nötig ist, daß wir von hinnen eilen.

Alcest. Was gibt dir Anlaß, so zu sprechen?

Dubois. Der Anlaß ist: wir müssen schleunig fort.

Alcest. Du Lump, ich werde dir die Knochen brechen,
Wenn du nicht Rede stehst mit klarem Wort.

Dubois. Ein schwarzer Kerl, der schwarze Kleider trug,
Bracht' uns ein Stück Papier bis in die Küche;
Drauf stehen lauter Krakelfüß' und Sprüche;
Aus denen wird kein Teufel klug.
Ich glaube, daß es den Prozeß betrifft;
Doch kann's der Satan selber nicht verstehn.

Alcest. Ei, du Halunke, wegen dieser Schrift
Meinst du, wir müßten auf die Reise gehn!

Dubois. Ja, was ich sagen wollte – bald darauf
Kam einer, der bei Ihnen oft verkehrte,

Gerannt in atemlosem Lauf
Und wies mich an, dieweil Sie nicht zur Stell',
Und weil er mich als treuen Diener ehrte,
Ich sollte ... halt, wie heißt er doch nur schnell?

Alcest. Ganz einerlei! Was ward dir aufgetragen?

Dubois. Nun ja, er ist Ihr Freund; das ist genug.
Er sprach, gefährlich sei der mindeste Verzug,
Und wenn Sie blieben, ging's an Ihren Kragen.

Alcest. Was! Ließ er sich darauf nicht näher ein?

Dubois. Das nicht; doch nahm er Tinte und Papier
Und schrieb etwas, woraus, so denk' ich mir,
Der ganze Handel deutlich ist zu fassen.

Alcest. Gib her!

Celimene. Was mag hier vorgefallen sein?

Alcest. Ich weiß nicht; doch ich wünsche zu erkunden
...
Du Teufelskerl, hast du's nun bald gefunden?

Dubois *(nachdem er lange in seinen Taschen gesucht hat).*
Mein Seel', ich hab's zu Hause liegen lassen.

Alcest. Jetzt aber warte ...

Celimene. Werden Sie nicht böse,
Und eilen Sie, daß sich dies Rätsel löse.

Alcest. Ein feindlich Schicksal ist darauf erpicht,
Daß kein Gespräch uns beide je vereine;
Ich biet' ihm Trotz; vermehren Sie es nicht,
Daß ich heut abend wiederum erscheine.

Fünfter Akt

Erster Auftritt

Alcest. Philint

Alcest. Noch einmal: die Entscheidung ist gefällt.

Philint. Der Schlag ist hart; was aber soll Sie zwingen ...

Alcest. Nein, reden Sie, solang ihr Atem hält,
Nichts ist imstand, mich davon abzubringen;
Zu tief ist die Verderbnis unsrer Zeit;
Drum will ich lieber alle Menschen meiden.
Was! Gegen meinen Widerpart entscheiden
Gesetz und Recht und Scham und Ehrbarkeit;
Ich blicke jedermann auf meiner Seite,
Ich harre voll Vertraun, und unterdes
Entgeht mir der Erfolg, um den ich streite:
Recht hab' ich und verliere den Prozeß.
Ein Schuft, den man verachtet allgemein,
Vermag durch Lug und Trug zu siegen!
Dem Meineid muß die Wahrheit unterliegen!
Er würgt mich meuchlings, und das Recht ist sein.
Mit ausgelerntem Lügenmaul besticht
Er die Vernunft und blendet das Gericht,
Bis er zuletzt den Haftbefehl erzwingt!
Doch all dies Unrecht macht ihn noch nicht satt:
Ein Schandbuch wird verbreitet in der Stadt,
Ein Buch, das schon dem Leser Strafe bringt;
Von diesem Buch, das für den Pranger reif,
Macht mich der freche Schurke zum Verfasser,
Und Herr Oront als guter Hasser
Bestärkt geschäftig diesen Unterschleif!
Er, der am Hofe stets als Muster prangte,
Dem ich nichts tat, als daß ich ehrlich war,
Der ungestüm, auf eigenste Gefahr
Mein Urteil über sein Gedicht verlangte

Und dann zum Dank, weil ich es gut gemeint,
Weil ich die Wahrheit und ihn selbst geachtet,
Erlogne Schuld auf mich zu häufen trachtet;
Ja, er ist jetzt mein schlimmster Feind
Und wird's bis an sein Lebensende bleiben,
Nur weil ich dem Sonett kein Lob geweiht.
Das also sind die Menschen! Das ihr Treiben
Und das die Früchte ihrer Eitelkeit;
Das ist es, was in ihren Herzen ruht
Von Ehre, Treue, Recht und Wahrheitsmut!
Mir wird zu viel, was ich durch euch verliere;
Fort aus der Mordgruft, aus dem Dorngesträuch!
Weil ihr verruchter seid als wilde Tiere,
Drum sag' ich mich auf ewig los von euch.

Philint. Ein wenig vorschnell find' ich diesen Plan;
Mir scheint, daß Sie das Unrecht überschätzen.
Was auch Ihr Gegner Ihnen angetan,
Er wußte Ihre Haft nicht durchzusetzen;
Sein Zeugnis ist in sich versunken
Und bringt ihn selber in ein böses Licht.

Alcest. Ihn? – Diese Kleinigkeit beirrt ihn nicht:
Er hat das Vorrecht aller Erzhalunken;
Was heut ihm droht zu rauben Ruf und Glück,
Das stellt ihn morgen fester auf die Beine.

Philint. Soviel ist sicher: von dem üblen Scheine,
In den er Sie gebracht, bleibt nichts zurück.
Was hier zu fürchten war, das ist vorbei,
Und wenn Sie unterlagen vor Gericht,
Steht Ihnen ein Appell noch immer frei,
Der diesen Spruch ...

Alcest.

Ich appelliere nicht!
Ich bin empfindlich zwar getroffen;
Doch unverändert lass ich den Beschluß;

Das Unrecht liegt in ihm so prächtig offen,
Daß man der Nachwelt ihn erhalten muß
Als ew'gen Markstein, als Erinnrungssäule
An unseres Jahrhunderts Sittenfäule.
Er kostet mich wohl zwanzigtausend Franken;
Doch für das Geld erwerb' ich mir das Recht,
Zu fluchen auf das menschliche Geschlecht
Und ihm mit unversöhntem Haß zu danken.

Philint. Wenn aber ...

Alcest. Sparen Sie Ihr Aber und Ihr Wenn!
Bleibt hier noch etwas aufzuklären?
Ist's möglich? Haben Sie die Stirne denn,
All diesen Greueln Nachsicht zu gewähren?

Philint. Nein, ich bekenne gern, daß ich mich beuge:
Selbstsucht und Arglist lenkt den Weltenlauf,
Durchtriebenheit ist obenauf,
Und alle Menschen sind aus schwachem Zeuge.
Doch weil sie schlecht sind, sollen wir sie fliehn
Und einsam uns verkriechen hinterm Ofen?
Die Fehler, die an uns vorüberziehn,
Sie bilden uns heran zu Philosophen:
Das ist das schönste Amt der Wahrheitsglut;
Denn wäre nur noch Redlichkeit zu finden,
Und wäre jeder treu, gerecht und gut,
Dann müßten all die Tugenden verschwinden,
Die uns die Kraft verleihen, ohne Fluch
Das Unrecht im Gefühl des Rechts zu tragen,
Und überall, wo wackre Herzen schlagen ...

Alcest. Ich weiß, Sie sprechen wie ein Buch;
Ihr Redestrom ergießt sich voll und breit;
Doch hindern Sie mit all dem schönen Schwunge
Nicht meine Sehnsucht nach der Einsamkeit.
Ich habe keine kunstgerechte Zunge;
Mein offnes Wesen würde stets mich narren,
Und böse Händel könnt' ich nicht vermeiden.

Genug! Ich will auf Celimene harren,
Damit sie meinem Plane Beifall gibt;
Dies soll die Probe sein, ob sie mich liebt;
In dieser Stunde wird es sich entscheiden.

Philint. So suchen wir Eliante inzwischen auf!

Alcest. Nein, allzu schwer drückt meiner Sorgen Hauf.
Ich bleib' in diesem Winkel hier allein
Mit all dem tiefen Gram, den ich erlitten.

Philint. In die Gesellschaft pass ich nicht hinein;
Ich gehe, um Eliante hierher zu bitten.

Zweiter Auftritt

Celimene. Oront. Alcest

Oront. Ja, sprechen Sie, Madame; sind Sie bereit,
Zum Lebensbunde mich zu wählen,
Dann geben Sie mir volle Sicherheit!
Wer liebt, läßt sich nicht gern von Zweifeln quälen.
Will Ihre Gnade meine Sehnsucht lindern,
So bitt' ich Sie, bekennen Sie es frei,
Und Ihrer Neigung erste Probe sei,
Daß Sie Alcest an weitrer Werbung hindern,
Ihn mir zum Opfer bringen und fortan
Ihr Haus und Ihren Umgang ihm verbieten.

Celimene. Was reizt sie plötzlich gegen einen Mann,
Für den Sie einst Bewunderung verrieten?

Oront. Nicht darum handelt es sich hier.
Sie sollen endlich Ihr Gefühl bekunden
Und sich entscheiden zwischen ihm und mir:
An Ihren Spruch ist mein Entschluß gebunden.

Alcest *(tritt aus dem Winkel hervor)*.
Jawohl, der Herr hat Recht; nun heißt's entscheiden!

Was er verlangt, das ist auch mein Begehr.
Mich quält dieselbe Glut, dasselbe Leiden;
Auch meine Liebe fordert jetzt Gewähr;
Kein Aufschub mehr; ins Rollen kam der Stein;
Jetzt ist es Zeit, ein klares Wort zu sprechen.

Oront. Mein Herr, ich will durchaus nicht lästig sein
Und mag Ihr Liebesglück nicht unterbrechen.

Alcest. Mein Herr, von Eifersucht ganz abgesehn,
Mit Ihnen wünsch' ich nicht ein Herz zu teilen.

Oront. Sollt' Ihre Werbung vor der meinen stehn ...

Alcest. Sollt' Ihr Bemühn den kleinsten Sieg ereilen ...

Oront. So schwör' ich, daß ich völlig ihr entsage.

Alcest. So schwör' ich, daß sie mich nicht wiederschaut.

Oront. Madame, erklären Sie sich frei und laut.

Alcest. Antworten Sie, Madame, auf unsre Frage.

Oront. Sie sollen ganz nach Ihrem Wunsch entscheiden.

Alcest. Sie sollen wählen – einen von uns beiden.

Oront. Wie! Diese Wahl erfüllt Sie mit Verdruß?

Alcest. Was? Wär' etwa noch schwankend Ihr Entschluß?

Celimene. Mein Gott! Dies Drängen find' ich wenig
schicklich!
Sie alle beide sind nicht recht bei Sinn!
Ich könnte mich entscheiden augenblicklich;
Kein Schwanken meines Herzens hält mich hin,

Kein Zweifel setzt sich meiner Wahl entgegen;
Sie fällt mir leicht; denn sie ist längst getroffen.
Doch peinlich ist mir, ich bekenn' es offen,
Hier solch ein zart Geständnis abzulegen.
Verletzend für den einen wär' mein Spruch;
Drum will ich vor dem andern ihn verschweigen.
Läßt sich denn nicht erraten, wem zu eigen
Ein Herz gehört, auch ohne offnen Bruch?
Genügt es nicht, wenn man geheim und still
Dem andern beichtet, daß man ihn nicht will?

Oront. Ihr Freimut wird mich keinesfalls verdrießen.
Ich scheu' ihn nicht.

Alcest. Und ich bestehe drauf.
Jetzt muß Ihr Wille sich erschließen;
Jetzt hab' er seinen freien Lauf.
Liebäugeln möchten Sie mit allen Leuten;
Doch hilft kein Zaudern mehr, kein blauer Dunst;
Wenn Sie nicht endlich reden ohne Kunst,
Dann weiß ich, daß die Weigrung Sie verklagt,
Und dieses Schweigen werd' ich so mir deuten,
Als hätten Sie das Schrecklichste gesagt.

Oront. Mein Herr, Ihr Zorn verpflichtet mich zu Dank;
Buchstäblich muß ich alles unterschreiben.

Celimene. Mit solchen Launen machen Sie mich krank!
Ist's recht, mich so zu drängen und zu treiben?
Hab' ich mein Schweigen nicht begründet?
Hier kommt Eliante; sie sei die Richterin.

Dritter Auftritt

Vorige. Eliante. Philint

Celimene. Schau her, mein Kind, wie ich belagert bin:
Die zwei sind förmlich gegen mich verbündet.
Einstimmig fordern sie und eifervoll,

Ich müsse wählen zwischen ihnen beiden
Und mich vor ihrem Angesicht entscheiden,
Wer sich für abgewiesen halten soll.
Nun frag' ich dich: Ward so was je vernommen?

Eliante. Nach solchen Dingen frag mich lieber nicht;
Du würdest an die falsche Stelle kommen;
Ich lieb' es, daß man frei von Herzen spricht.

Oront. Sie sehen, daß Ihr Sträuben wenig nützt.

Alcest. Ihr Schachzug wird von niemand unterstützt.

Oront. Heraus mit Ihrem Spruch! Die Maske fort!

Alcest. Nein, bleiben Sie dabei, sich zu vermummen.

Oront. Ein Wort, das Klarheit gibt, ein einzig Wort!

Alcest. Nichts redet deutlicher als Ihr Verstummen.

Vierter Auftritt

Vorige. Arsinoë. Acast. Clitander

Acast *(zu Celimene)*.
Madame, wenn Sie gestatten – wir sind da,
Um Ihnen eine Frage vorzulegen.

Clitander. Es freut uns, meine Herrn, daß Sie zugegen;
Der Fall berührt auch Sie nicht minder nah.

Arsinoë. Sie sind wohl sehr erstaunt, mich hier zu
schauen,
Madame; doch diese Herrn sind schuld daran.
Sie kamen, um mir klagend zu vertrauen
Ein Vorgehn, das ich noch nicht glauben kann.
Ich las zu oft in Ihres Herzens Falten,
Um solcher Bosheit fähig Sie zu halten;

Weit lieber leugn' ich, was ich selbst gesehn,
Und weil ein Zwist die Freundschaft nicht beirrt,
Drum will ich Zeugin sein, wie leicht es Ihnen wird,
Aus der Verleumdung rein hervorzugehn.

Acast. Ja, setzen wir uns ruhig auseinander;
Diesmal, Madame, liegt Ihnen viel zur Last.
Hier dieses Schreiben sandten Sie Clitander.

Clitander. Und dieses Brieflein schrieben Sie Acast.

Acast *(zu Oront und Alcest)* .

Den Herrn ist diese Schrift nicht unbekannt;
Madame ist wohl so freundlich schon gewesen
Und gab auch Ihnen Kenntnis ihrer Hand.
Doch dieses da verlohnt sich vorzulesen:

»Ich finde es sehr wunderlich von Ihnen, lieber Clitander, daß Sie
meine Munterkeit tadeln und mir vorwerfen, ich sei niemals besse-
rer Laune als in Ihrer Abwesenheit. Nichts ist ungerechter, und
wenn Sie nicht augenblicklich zu mir kommen und mir diese Belei-
digung abbitten, so werde ich sie Ihnen zeitlebens nicht verzeihen.
Unsere Hopfenstange, der Vicomte ...«

Schade nur, daß er nicht hier ist!

»Unsere Hopfenstange, der Vicomte, mit dem Sie Ihr Klagelied
beginnen, das ist ein Mensch, den ich nicht ausstehen kann, und seit
ich mit angesehen habe, wie er volle drei Viertelstunden lang in
einen Brunnen spie, um Kreise im Wasser zu machen, seitdem bin
ich ganz und gar mit ihm fertig. Was den Knirps von Marquis betrifft ...«

Das bin ich, meine Herren, ohne alle Eitelkeit.

»Was den Knirps von Marquis betrifft, der mir gestern einen langen Händedruck verabfolgte, so finde ich, es gibt in der ganzen
Welt nichts so Unansehnliches wie seine Person; seine einzigen
Verdienste sind sein Mantel und sein Degen. Was den grünbebänderten Herrn angeht ...«

(Zu Alcest).

Jetzt sind Sie daran.

»Was den grünbebänderten Herrn angeht, so erlustigt er mich ab
und

zu mit seinem Gepolter und seiner ungehobelten Grobheit; aber
weit öfter finde ich ihn im höchsten Grade unerträglich. Und was
den Versemacher betrifft ...«

(zu Oront) Nun bekommen Sie Ihr Teil.

»Und was den Versemacher betrifft, der sich auf die Schöngeiste-
rei verlegt hat und der ganzen Welt zum Trotz ein Dichter sein will,
so bin ich überhaupt nicht imstande ihm zuzuhören; denn seine
Prosa wirkt auf mich ebenso einschläfernd wie seine Reime. Seien
Sie also überzeugt, daß ich mich nicht immer so gut unterhalte, wie
Sie glauben, daß ich in all den Gesellschaften, in welche man mich
schleppt, mehr Sehnsucht nach Ihnen empfinde, als ich sollte, und
daß es die einzig echte Würze aller Vergnügungen ist, mit denjeni-
gen zusammen zu sein, die man liebt.«

Clitander. Nun aber kommt die Reihe an mich:

»Lieber Acast! Ihr Clitander, den Sie jedesmal erwähnen, dieser
zuckersüße Herr, ist der allerletzte, für den ich eine Schwäche haben könnte. Er ist sehr töricht, wenn er sich einbildet, daß er geliebt
wird, und Sie sind es nicht minder, wenn Sie glauben, daß Sie nicht
geliebt werden. Wollen Sie Vernunft annehmen, so vertauschen Sie
Ihre Meinung mit der seinigen und besuchen Sie mich, so oft Sie
können, um mir den Ärger über seine Zudringlichkeit ertragen zu
helfen.«

Das wahre Muster einer schönen Seele!
Sie kennen doch den Namen für dergleichen?
Genug! Wir beide hoffen zu erreichen,
Daß diesem edlen Bild der Ruhm nicht fehle.

Acast. Zwar reizt der schöne Stoff zum Reden mich;
Doch stehen Sie so tief, daß all mein Zorn verschwin-
det;

Sie sollen sehn, daß selbst ein Knirps wie ich,
Um sich zu trösten, beßre Herzen findet.

Fünfter Auftritt

Vorige ohne Acast und Clitander

Oront. So! Das ist Ihre Art mich zu behandeln,
Trotz allem, was Sie schriftlich mir gesagt,
Und Ihre gleisnerische Seele wagt
Der Reihe nach mit jedem anzubandeln!
Ich war ein Gimpel; doch nun ward ich klug;
Zu rechter Zeit durchschau' ich den Betrug:
Mein Herz ist wieder frei; ich nehm's zurück
Und werde Sie verlassen und verlachen.

(Zu Alcest)

Mein Herr, ich wünsche recht viel Liebesglück;
Sie können, wann Sie wollen, Hochzeit machen.

Sechster Auftritt

Vorige ohne Oront

Arsinoë *(zu Celimene).*
Fürwahr, das ist ein unerhörter Streich!
Ich kann nicht schweigen; meine Pulse schlagen;
So hat noch niemals sich ein Weib betragen!
Was Sie den andern taten, gilt mir gleich;

(Auf Alcest deutend)

Doch Herr Alcest, der Sie beglücken wollte,
Ein Mann von höchsten Gaben, reinsten Sitten,
Der Ihnen glühende Verehrung zollte,
Hat er verdient ...

Alcest. Madame, ich muß Sie bitten,
Mir selbst zu überlassen meinen Fall;
Ihr zarter Anteil kann hier wenig frommen;
Sie würden doch mit Ihrem Redeschwall
Bei mir nicht auf die Kosten kommen.
Wenn ich durch eine neue Leidenschaft
Mich rächen will, Sie sind gewiß die letzte.

Arsinoë. Ei, glauben Sie, man wäre so vergafft,
Daß man mit Ihrer Hand sich glücklich schätzte?
Sie sind von arger Eitelkeit gebläht,
Wenn Sie sich selber diesen Lohn verheißen.
Um eine Ware, die Madame verschmäht,
Braucht man sich nicht so sehr zu reißen.
Genügsamkeit wär' Ihnen jetzt gesund;
Sie sind kein Mann für Frauen meinesgleichen.
Versuchen Sie's, Ihr Liebchen zu erweichen,
Und meinen Segen zu dem schönen Bund.

Siebenter Auftritt

Celimene. Alcest. Eliante. Philint

Alcest *(zu Celimene).*

Sie sehn, ich schwieg zu allem, was ich sah;
Dem Wort der andern ließ ich freien Raum.
Hielt ich mich heute lang genug im Zaum
Und darf ich endlich ...

Celimene. Ja, und wieder ja.
Sie sind im Recht, Sie dürfen sich beschweren;
Ihr größter Vorwurf wäre noch zu klein.
Ich weiß mich schuldig, ich gesteh' es ein
Und will mich nicht verteidigen noch wehren.
Den andern sah ich ruhig ins Gesicht;
Vor Ihnen leugn' ich meinen Frevel nicht.
Ihr Zorn ist tiefbegründet und gerecht;
Sie können meine Schuld mir nie erlassen,

In Ihren Augen bin ich falsch und schlecht,
Und alles, alles zwingt Sie, mich zu hassen.
Ja, tun Sie's nur!

Alcest. Kann ich's denn, Gauklerin?
Kann ich so leicht entrinnen meinem Kerker?
Drängt auch zum Haß mein Wille mächtig hin,
Ist nicht der Wille meines Herzens stärker?

(Zu Eliante und Philint)

Sie sehn, wohin unwürd'ge Liebe treibt;
Nun sehn Sie auch als Zeugen meiner Schwäche,
Daß mir zu tun noch etwas übrig bleibt,
Daß ich die Schranken der Vernunft zerbreche,
Daß alle Weisheit ist wie Spreu im Wind,
Und daß wir samt und sonders Menschen sind.

(Zu Celimene)

Ja, Falsche, ja, ich will Ihr Tun vergessen,
Auslöschen will ich Ihre Schändlichkeit,
Will suchen, alles der verderbten Zeit
Und Ihrer schwachen Jugend beizumessen;
Nur dies beding' ich, daß Sie sich ergeben
In meinen Plan, der Menschheit zu entfliehn,
Und freudig mit in die Verbannung ziehn,
In der ich willens bin fortan zu leben.
Dies ist das einz'ge Mittel, öffentlich
Zu sühnen, was Sie taten, was Sie schrieben,
Das einz'ge Mittel auch für mich,
Trotz Ihrer Sündenlast Sie noch zu lieben.

Celimene. So jung soll ich der Welt den Rücken drehn
Und mich in einer Wüstenei vergraben?

Alcest. Solang Sie mich und meine Liebe haben,
Was braucht die ganze Welt Sie anzugehn?
Bin ich es nicht, der dann Ihr Glück erschafft?

Celimene. Ich bebe vor der Einsamkeit zurück.
Mein zwanzigjährig Herz hat nicht die Kraft
Und nicht die Größe für ein solches Glück.
Wenn Sie nach meiner Hand im Ernste trachten,
So könnt' ich mich entschließen, Sie zum Gatten
Zu nehmen und ...

Alcest. Jetzt lern' ich Sie verachten!
Dies Nein stellt alles andre in den Schatten.
Wenn Ihnen eines solchen Glückes Schimmer
Nicht alles ist, wie er mir alles war,
So gehn Sie! Meiner Liebe sind Sie bar;
Ich bin von meinem Wahn geheilt für immer.

Achter Auftritt

Alcest. Eliante. Philint

Alcest. Mein Fräulein, höchsten Preises sind Sie wert;
Von Ihnen hab' ich Falschheit nie erfahren.
Ich habe Sie seit langem warm verehrt;
Doch lassen Sie mich dies Gefühl bewahren,
Und dulden Sie's, wenn mein verstört Gemüt
Das Heil nicht sucht, das Ihrer Gunst entblüht.
Sie stehn zu hoch, und alles muß mir zeigen,
Daß Gott mir solchen Reichtum nicht verhieß;
Sie müßten zu dem Mann heruntersteigen,
Den eine minder Würdige verstieß.
Deshalb ...

Eliante. So mag's vielleicht am besten sein.
Ich wüßte jemand, der mich nicht verschmähte,
Und wenn ich ihn ein ganz klein wenig bäte,
Wer weiß, am Ende schlüg' er ein.

Philint. Kein schönres Los ersehn' ich mir hienieden;
Ihm ist mein Leben und mein Blut geweiht.

Alcest. So wünsch' ich euch ein dauernd Glück be-
schieden,
Und eure Liebe geb' euch Seligkeit.
Ich, von Verrat und Unrecht rings umwunden,
Will mich aus diesem Lasterpfuhl befrein
Und fern von hier ein Plätzchen mir erkunden,
Wo man so frei sein darf, ein Ehrenmann zu sein.

(Ab)

Philint. Auf, eilen wir ihm nach! Es muß gelingen,
Den Freund von diesem Vorsatz abzubringen.

Über tredition

Eigenes Buch veröffentlichen

tredition wurde 2006 in Hamburg gegründet und hat seither mehrere tausend Buchtitel veröffentlicht. Autoren veröffentlichen in wenigen leichten Schritten gedruckte Bücher, e-Books und audio-Books. tredition hat das Ziel, die beste und fairste Veröffentlichungsmöglichkeit für Autoren zu bieten.

tredition wurde mit der Erkenntnis gegründet, dass nur etwa jedes 200. bei Verlagen eingereichte Manuskript veröffentlicht wird. Dabei hat jedes Buch seinen Markt, also seine Leser. tredition sorgt dafür, dass für jedes Buch die Leserschaft auch erreicht wird.

Im einzigartigen Literatur-Netzwerk von tredition bieten zahlreiche Literatur-Partner (das sind Lektoren, Übersetzer, Hörbuchsprecher und Illustratoren) ihre Dienstleistung an, um Manuskripte zu verbessern oder die Vielfalt zu erhöhen. Autoren vereinbaren direkt mit den Literatur-Partnern die Konditionen ihrer Zusammenarbeit und partizipieren gemeinsam am Erfolg des Buches.

Das gesamte Verlagsprogramm von tredition ist bei allen stationären Buchhandlungen und Online-Buchhändlern wie z. B. Amazon erhältlich. e-Books stehen bei den führenden Online-Portalen (z. B. iBookstore von Apple oder Kindle von Amazon) zum Verkauf.

Einfach leicht ein Buch veröffentlichen: **www.tredition.de**

Eigene Buchreihe oder eigenen Verlag gründen

Seit 2009 bietet tredition sein Verlagskonzept auch als sogenanntes "White-Label" an. Das bedeutet, dass andere Unternehmen, Institutionen und Personen risikofrei und unkompliziert selbst zum Herausgeber von Büchern und Buchreihen unter eigener Marke werden können. tredition übernimmt dabei das komplette Herstellungs- und Distributionsrisiko.

Zahlreiche Zeitschriften-, Zeitungs- und Buchverlage, Universitäten, Forschungseinrichtungen u.v.m. nutzen diese Dienstleistung von tredition, um unter eigener Marke ohne Risiko Bücher zu verlegen.

Alle Informationen im Internet: **www.tredition.de/fuer-verlage**

tredition wurde mit mehreren Innovationspreisen ausgezeichnet, u. a. mit dem Webfuture Award und dem Innovationspreis der Buch Digitale.

tredition ist Mitglied im Börsenverein des Deutschen Buchhandels.

Dieses Werk elektronisch lesen

Dieses Werk ist Teil der Gutenberg-DE Edition DVD. Diese enthält das komplette Archiv des Projekt Gutenberg-DE. Die DVD ist im Internet erhältlich auf **http://gutenbergshop.abc.de**

Zeitfracht Medien GmbH
Ferdinand-Jühlke-Straße 7
99095 Erfurt, Deutschland
produktsicherheit@kolibri360.de